BBULMEDIA

http://www.bbulmedia.com

점핑

차 례

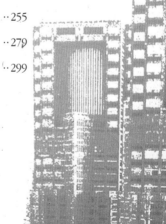

1.
새로운 한 해의 시작

오랜만에 가족끼리 만났다.

연말은 나와 연채가 한창 바쁠 때라 시간을 낼 수 없었기에 미리 연말인사를 겸해 자리를 마련했다.

"지원이는 왜 안 데려왔어?"

"기말고사이기도 하고, 아직 좀 그런가 봐."

"나랑은 무지 친해져서 괜찮아. 엄마, 아빠가 지원이를 싫어할 리가 없잖아?"

"그래, 지금이라도 전화해 보렴."

어머니도 살짝 미소를 지으며 말씀하신다.

하지만 지금은 안 된다.

지원에 있는 반쪽은 열심히 일하는 중이었다.

"다음에요. 주문할까요?"

식사 후에 또다시 촬영장으로 가봐야 했기에 미리 예약해둔 음식을 가져오라고 시켰다.

"요즘 몸은 괜찮니?"

"예, 너무 튼튼해서 탈이에요."

"다행이구나. 무리하지 마렴."

사랑이 가득한 목소리.

이런 말을 들을 때마다 여전히 죄스러움이 생긴다.

하지만 더 잘해야겠다는 생각으로 애써 마음을 잡는다.

"얼마 전에……."

"쓰으~"

촬영 중에 내가 갑자기 쓰러지는 바람에 꽤 난리가 났었다.

그 얘기를 들었는지 연채가 촬영장까지 쫓아와 쫑알댔었다.

부모님에게 말씀드리지 말라고 몇 번의 말했음에도 불구하고 조잘대려는 연채에게 인상을 썼다.

"왜? 무슨 일 있었니?"

"아, 아뇨. 얼마 전부터 지원이에게 발 마사지를 받고 있는데 몸에 얼마나 좋은지 몰라요. 엄마도 시간 나시면 한번 받아보세요."

"얘는. 지원이 공부하는데 방해하면 못 써."

"지원이 시험 끝나고 가면 되죠. 몸도 가뿐해지고 피부도 엄청 좋아졌어요."

"그래? 아무리 그래도……."

참 여자들은 피부 미용에 관해서는 나이 불문이라니까.

은근히 관심을 가지시면서도 내 눈치를 보신다.

"저 촬영 끝나면 할 일 없으니까 들르세요. 제가 해드릴게요."

"네가 그런 걸 할 줄 알아?"

"네, 좀 배웠어요. 건강에도 좋아서요."

"됐다. 괜히 바쁜데……."

쩝! 아무래도 지원이는 미용 자격증이나 마사지 자격증을 따게 해야 할까보다.

연채는 발 마사지 받으면 며칠은 가뿐하다며 헤이걸즈 멤버들까지 데리고 들이닥쳤다.

덕분에 젊은 처자들의 다리를 주물럭거리며 묘한 느낌을 받는 변태가 되어야 했다.

"지원이에게 말해둘 테니 한번 들르세요."

별수 없이 지원이의 몸으로 마사지를 해줄 수밖에 없었다.

"참, 아버지 하시는 일은 잘되세요?"

"험! 그냥저냥."

승호의 아버지는 여느 아버지와 마찬가지로 속으로 자식을 사랑하는 분이셨다.

병원에서 퇴원했을 때도 '그만하기 다행이다.'란 말뿐이셨지만 그 말에 담긴 사랑은 어머니와 똑같다는 걸 알 수 있었다.

"승호야, 아버지 좀 말려라. 나이 많은 양반이 무슨 공장을 확장한다고 그러시는지 모르겠다."

"어허~ 애 앞에서 별소리 다하네."

"제 말을 귓등으로도 안 들으니 하는 말이잖아요."

아버지는 조그마한 제조업 공장을 하셨다.

딱히 많은 돈을 버는 건 아니지만 그래도 네 식구 먹고 살게 해준 것이 바로 그 공장이었다.

윤승호에게는 행복한 시절이었는지 어린 시절 그곳에서 놀던 기억이 아주 생생하다.

공장을 확장하려는 이유는 알고 있다.

JJ그룹이 아버지 공장과 직접적인 연관은 없었지만 아버지가 납품하는 사업장이 바로 JJ그룹에 납품을 하고 있었다.

"아버지께서 하시는 일인데 제가 어떻게 하겠어요? 대신 확장하는데 들어가는 돈은 제가 드릴게요."

"됐다. 은행 대출도 가능한데 뭣하러."

"그럼, 제가 빌려드릴 테니 이자를 저 주시면 되겠네요."

"그렇다면 생각해 보마."

당신이 돈을 버시는 한 자식들에게 한 푼이라도 쥐어주고 싶어 하시는 마음을 알기에 이자를 받고 빌려드리기로 했다.

오늘 밥값도 굳이 당신께서 내신다는 걸 막을 순 없었다.

모처럼만에 느껴보는 따뜻한 일상이었다.

"앞으로 어떤 정치적 단체와도 함께하는 일이 없을 것이 며 두 번 다시 정치에 발을 들인다면 제가 개자식입니다.

그리고 지난 정치 생활 중 저지른 일에 대해서는 한 점의 의혹 없이 수사를 해줬으면 하는 바람입니다. 여기에 제가 저지른 일에 대한 장부가……."

"오빠, 뭐해?"

"응……?"

젠장! 카메라를 받으며 발표를 하니 나도 모르게 너무 집중했나 보다.

지금 내 반쪽은 꽤 권력이 강한 유명 정치인의 몸에 들어가 기자 회견 중이었다.

"연기 연습."

핑계를 댔지만 부모님과 연채의 얼굴은 썩은 간을 씹은 표정이다.

특히 아버지는 '제가 개자식입니다.' 라는 말에 잠시 잠깐 충격을 받으셨는지 고개를 돌리고 연신 헛기침을 하신다.

그렇다고 사실대로 말할 수 없다.

생방송 뉴스라도 혹시 있을 방송 사고를 대비해 5분 있다가 나올 얘긴데 무슨 얘기를 하겠는가?

난 암천회의 회원 중 정치권에 있는 사람들을 가장 먼저 타깃으로 잡았다.

대선 기간이라 어수선한 틈에 그들에게 점핑하기는 식은 죽 먹기.

특히나 시기가 시기인 만큼 발표를 해 버리면 상대 진영에서 아귀처럼 뜯어먹으려 할 테고 두 번 다시 권력을 가질수 없을 것이다.

아니, 분명 감옥에서 한동안 요양을 해야 할 것이다.

암천회는 이런 일을 막을 매뉴얼을 만들어 뒀지만 절대 막을 수 없다.

인터넷 뉴스의 기자들과 야당의 국회위원도 몇 명 회견장에 참석해 있었기 때문에 빼도 박도 못하는 상태다.

"너도 가봐야 하니 일어서자꾸나."

"예. 잘 먹었습니다."

"나도, 아빠!"

아마 우리에게 이런 말을 듣기 위해 밥값을 낸다고 하셨는지 모른다.

"모셔다 드릴게요."

"됐다. 연채나 태워다 주렴. 우린 택시 타고 들어가마."

밖에 나와서도 굳이 택시를 타고 들어가신단다.

어머니도 어쩔 수 없다는 듯 한숨을 내쉬신다.

"몸 관리를 잘하고……."

"네. 이건 친구 분들과 맛있는 거 사드세요."

"됐다. 매달 보내주면서 이런 것까지."

"그럼 옷이라도 한 벌 사세요."

난 어머니의 핸드백에 돈 봉투를 넣어 드렸다.

"뭐해! 빨리 와 택시 기사 분 기다리잖아!"

"아이고, 저 양반은 뭐가 저리 바쁜지……. 건강들 조심하고."

"응, 엄마."

"들어가세요."

쌩하니 택시를 타고 가시는 두 분.

"넌 숙소로 가니?"

"응."

난 연채를 숙소까지 태워주고 다시 촬영장으로 이동을 한다.

'역시 날 쫓고 있군.'

촬영장부터 계속 쫓고 있는 차량이 있었다.

뒤를 살짝 돌아보며 얼굴을 확인하려 했지만 썬팅이 짙게 된 차라 안에 있는 이들은 보이지 않았다.

물론 그들이 누구인지는 안다.

암천회의 하수인들.

당장에라도 때려죽이고 싶지만 작은 일에 연연하는 바보는 아니다.

암천회의 행보는 빨랐다.

며칠이 지나지 않아 감시가 붙었다.

하지만 지안과 같은 시기에 입원했던 이들을 모두 감시하려면 꽤나 힘들 것이다.

오늘을 기점으로 난 용의선상에서 제외될 것이다.

"잠깐 눈 좀 붙일게, 형."

"그래 도착하면 깨울게."

난 의자를 뒤로 젖히고 눈을 감았다.

다른 반쪽에게 집중할 시간이다.

◆　　◆　　◆

"의원님, 그 장부의 내용은 모두 사실인가요?"

"왜 갑자기 이런 생각을 하신 거죠?"

"의원직 사퇴는 당과 협의를 하신 겁니까?"

"심경의 변화가 있으신 것 같은데 도대체 이유가 뭡니까?"

무수히 쏟아지는 카메라 세례와 질문들.

내가 계획한 일이지만 내가 드라마 제작 발표회 할 때보다 훨씬 요란하다.

또한, 카메라맨 뒤에서 날 죽일 듯이 지켜보는 암천회의 개들을 보니 기분이 좋다.

독침이라도 날릴 기세.

물론, 날려주면 고맙게 받을 생각이다.

그럼 더욱 일을 키울 수 있으니 말이다.

"자자, 시간은 많으니 천천히 답변 드리겠습니다. 일단 이렇게 제 자신의 비리를 밝히는 이유는 간단합니다. 제 잘못을 알게 된 것뿐입니다. 저 같은 이들이 득실대는 정국을 보니 마치 캄캄한 하늘(黯天)을 보는 것처럼 답답하더군요."

'말을 할 때마다 움찔대는 꼴이라니.'

난 계속해서 말을 이었다.

"그래서 제 잘못을 국민 여러분께 빌고 싶었습니다. 그래서 이 비리 장부를 작성하게 되었습니다."

"그 비리 장부를 볼 수는 없습니까?"

"당연히 볼 수 있소. 거기 두 사람 기자 분들께 상자에 든 복사본을 나눠드리게."

"……."

이 몸을 경호하는 이들도 역시 암천회의 개들.

잠시 기자 뒤쪽을 바라보던 그들은 복사본을 기자들에게 돌린다.

경호원들이 흘낏 본 인물은 차영호의 어린 시절 기억 속에 있던 인물이었다.

'나종석이라 했던가?'

난 그를 향해 웃어주었다.

하지만 그 역시도 날 향해 웃고 있다.

마치 할 때까지 해보라는 듯이.

사실 내가 차지한 의원의 기억은 암천회의 인물답게 읽을 게 없었다.

하지만 암천회라는 사실을 안 이상 가만둘 수 없는 일.

난 그의 비서진의 기억을 읽고 비리 장부를 만들 수 있었다.

역시 대가리들은 지시만 할 뿐이었다.

자기 스스로 뭔가를 한다는 것 자체가 권위에 손상이 간다고 생각하는 이들.

그 덕분에 내가 편했다.

"이 내용이 사실입니까?"

"물론이오. 조사하면 다 나올 텐데 확인들 해보시오."

기자들은 재빨리 기사를 작성하느라 정신이 없었다.

난 충분히 시간을 두고 아는 일들을 자세히 말했다.

이제 돌아가야 할 시간.

내가 할 일은 모두 끝이 났다.

"이것으로 기자 회견을 마치겠습니다. 그럼."

[왜, 계속해 보시지?]

내 귀를 살짝 울리는 목소리.

전음인가?

나종석을 바라보니 다시 살짝 입을 달싹거린다.

[전음을 모르는 건가? 아님, 정신 이동을 했기 때문에 못하는 건가?]

그의 기운을 읽어본다.

기운의 민감함은 저들보다 내가 더 우세하다.

[……이렇게…… 하는 건가?]

전음은 간단하게 내공을 이용하여 공기를 진동시켜 일정 범위 안에 있는 사람들에게 전달하는 방식이었다.

그의 하는 양을 흉내 내어 해본다.

[……몰랐는데 바로 배운 건가?]

약간 놀란 목소리다.

[그렇다고 해두지. 어쨌든 좋은 기술 고마워.]

[언제까지 그럴 수 있나 두고 보지.]

[자주 보게 될 사이인데 인상 쓰지 말라고. 하하하!]

그들의 눈총을 받으며 사람들이 북적이는 로비를 지나 차에 올랐고 바로 점핑을 했다.

◆　　◆　　◆

─○○○의원, 치매에 걸려 기자 회견.
─비리 장부 사실 여부를 두고 여야 격돌.
─□□병원 검사 결과 급성 치매 판정.

기억만 없지 멀쩡한 사람을 바로 치매로 몰아서 기자 회견 자체를 무효화시키려 들다니 역시 만만한 놈들이 아니었다.

물론, 치매라고 하는 것이 맞을지도 모르겠다.

그 의원의 의식 세계를 열어 까맣기 만한 기억을 몽땅 태워 없애 버렸으니.

또한, 인터넷의 검색 사이트고 뉴스, 신문도 사실을 은폐하려는 움직임이다.

포탈 사이트 검색 순위에 올랐다가도 금세 사라지는 걸 보면 역시 암천회가 우리나라에서 얼마나 영향력이 큰지 짐작할 수 있다.

물론, 사실 여부를 놓고 한동안 싸우기도 할 것이고, 비리 인물들이 몇 명은 나올 것이다.

사실 난 암천회 회원 한 사람만 바보로 만든 것에 만족한다.

이 정도 일에 휘청인다면 내가 오히려 섭섭했을 것이다.

내 복수는 아직 시작도 하지 않았다.

"그나저나 돈이 많아도 걱정이네."

내가 이번 일로 노린 건 세 가지였다.

첫 번째는 날 용의선상에서 없애는 일이었고, 두 번째는 암천회 회원의 권력을 없애는 일, 또 세 번째는 그 의원이 가지고 있던 비자금을 빼돌리는 일이었다.

세 번째의 경우, 비자금을 담당하던 비서와 의원의 기억을 깨끗이 지워 버렸기에 오롯이 나만 아는 돈이 되어 버린 것이다.

문제는 그런 돈들이 자꾸 쌓인다는 것이다.

쌓인 돈을 무작정 사회단체에 기부하는 건 바보짓이다.

암천회가 계좌 추적을 안 할 리 없기 때문이다.

그렇다고 몇 백씩 일일이 나눠주는 것도 보통 일이 아니다.

지금부터 전국의 고아원이나 양로원, 장애인 시설 돌며 뿌려도 족히 일 년은 넘어 걸릴 돈이다.

"아무래도 생각 좀 해봐야겠군."

난 스마트폰으로 인터넷을 검색하다 빌딩 앞이 갑자기 부산스러워지는 걸 느끼고 옆에 준비해 둔 계란을 들고 일어났다.

SJ그룹 회장이 퇴근을 하는 시간.

난 준비해 둔 계란을 회장을 향해 던지며 소리쳤다.

"악덕 기업인 성정현은 물러가라!"

빠른 속도로 날아간 계란은 중간의 경호원에 의해 막혔다.

이어 던진 계란들도 마찬가지.

하지만 성정현이 암천회 회원이라는 사실은 알아냈다.

내가 계란을 던지는 순간 경호원들의 하단전이 활성화되는 걸 보았고, 그와 함께 성정현의 홀을 느끼고 내 반쪽을 성정현에게 점핑을 시킨다.

날 잡으러 오는 경호원들.

이제 내가 할 일은 끝이 났다. 내 몸으로 돌아가면 된다.

계란을 던진 남자는 꽤 죄질이 나쁜 인간이니 상관없다.

꿩 먹고 알 먹고, 도랑 치고 가재 잡고.

◆　◆　◆

1월 1일.

"으~ 머리 아파."

오늘은 평소보다 2배나 많은 4시간을 잤는데도 머리가 천근만근이다.

"무리하기는 했어."

12월 내내 점핑과 기억읽기를 얼마나 했던지 토가 나올 지경이다.

이렇게 무리한 덕분에 15명의 암천회원을 알 수가 있었지만 읽어 들인 기억의 양이 너무 많아 처치 곤란이다.

온갖 사기나 비리에 대해선 나도 꽤 안다고 생각했는데 암천회 회원의 실력에는 정말 두 손 두 발 다 들었다.

물론, 암천회 회원의 기억은 읽지 못했고, 그 주변 인물들의 기억만 읽었다.

그러니 회원 한 명당 최소한 주변인 10명씩의 기억을 읽었으니 내 머리가 정상이면 이상한 것이다.

"한동안 기억이나 정리하며 지내야겠다."

암천회 회원의 기억을 읽었지만 국회의원 때처럼 무리한 일처리는 하지 않았다.

다만 그 사람들의 재산 중 적게는 50억, 많게는 200억 원씩 자선단체에 기부했을 뿐이다.

내 예상대로 그들은 찌질하게 그 돈을 돌려받지 않았고, 기부했다고 생각하는지 별도의 조치는 없었다.

"시간은 좀 걸릴 거야, 지안⋯⋯."

예전처럼 지안의 영체가 눈앞에 있는 것처럼 말했다.

"하지만 확실하게 해줄게."

새로운 한 해의 시작은 두통과 복수의 다짐으로 시작되었다.

윤승호가 되면서부터는 지원의 몸이 아니고서는 사람이 북적이는 곳을 다녀본 적이 거의 없다.

있다고 해도 항상 동수 형이나 수행팀과 함께였다.

하지만 오늘은 달랐다.

간혹 쳐다보는 사람은 있어도 날 알아보는 사람은 없었다.

최하민이 기를 이용해 얼굴을 감추는 것에 영감을 얻어 나도 기를 층층이 얼굴에 덧발라 내 얼굴을 감춘 것이다.

결과는 성공.

"실례합니다."

착각이었나?

"혹시 모델에 관심 있어요?"

다행히 못 알아보는 모양이다.

건네는 명함을 보니 잘 알지 못하는 업체다.

"아뇨, 관심 없어요."

"몸이 딱 제격인데…… 혹시 마음 바뀌면 연락해요."

어떤 사람인지 점핑해 보고 싶지만 더 이상 기억을 읽었다간 머리가 폭발할지도 몰랐기에 포기했다.

그에게 받은 명함을 구겨 쓰레기통에 넣고 약속 장소로 향했다.

"여기예요!"

카페로 들어가자 하민은 바로 날 알아보고 손을 흔든다.

"어떻게 바로 알았어요?"

내가 그녀를 알아본 것처럼 그녀가 알아챌 거라는 생각은 했다.

하지만 하단전과 중단전의 기까지 모조리 몸에 흩트리고 왔는데 너무 빠르다.

"얼굴에 기가 똘똘 뭉쳐 있는데 그걸 모르겠어요?"

"쩝! 더 노력해야겠네요."

"그래도 단전에 있는 기는 모두 감췄네요."

"그래요?"

기 감추는 법을 지원과 마주 보고 연습을 했지만 객관으로 보는 눈이 필요했다.

한데, 하민이 객관적으로 괜찮다고 하니 은근히 기분이 좋다.

"네, 기변면술(氣變面術)도 조금 더 다듬으면 못 알아볼 거예요."

"한 가지 물어볼게요. 제 얼굴이 보여요?"

"완전히 다른 사람처럼 보여요."

"전 하민 씨 얼굴이 다 보이는데요?"

"저보다 내공 수준이 더 높다는 얘기죠. 기변면술은 시전자보다 내공이 더 뛰어난 이에게는 소용이 없어요."

"그렇구나."

기변면술은 꽤 유용한 기술이다.

하지만 나보다 내공이 높은 이들은 분명 있을 터.

일정 수준까지는 점핑에 의존하거나 두건이나 가면을 쓴 채 움직여야 할 모양이다.

"제가 제안했던 일은 예스인가요?"

"한 가지만 확인하고요."

"휴우~ 좋아요. 제안자가 원래 약자니까요."

"암천회와 정확히 무슨 관계죠?"

하민의 대답 여하에 따라 하민을 이 자리에서 죽여야 할지도 모른다.

"정확히는 말해줄 수 없어요. 하지만 한 가지만은 확실해요. 그들은 적(敵)이에요."

다행이다.

하민이 내 적이라면 죽여야 한다고 생각했지만 이토록 미인을 죽이는 건 절대 사양이다.

"예스인가요?"

"예."

"다행이군요. 좋아요. 언제부터 시작할까요?"

"촬영이 4회 연장 결정이 났어요. 다다음주부터는 여유가 있을 겁니다."

"그럼, 오늘 선양법과 선음법의 1단계에 대해 서로 얘기를 하죠. 그리고 2주간 수련을 해요. 궁금한 점은 전화로 묻기로 하고요."

"그러죠."

선음법에 대해선 관심이 없었다.

이미 나름 4단계까지 간 선도법(선양법)이 있는데 굳이 두 개의 내공심법을 하다가 주화입마에 걸릴 생각은 없었다.

하지만 선음법에 대해 하민의 설명을 들으며 흠뻑 빠져들었다.

"잠깐만요. '비움으로서 힘을 얻는다.'라는 말이 이해가 되지 않는데요."

"선음법의 시작 전 가장 기본이 되는 말에서 계속 물으면 어떻게 해요? 선사께 안 배웠어요?"

"네. 다짜고짜 가르치시는 바람에……."

난 완전히 거꾸로 배우고 있었다.

3단계, 2단계, 1단계, 그리고 가장 기초가 되는 이론.

그리고 기초가 되는 이론에 대해서는 차영호의 기억에도 유담현의 기억에도 없었다.

"그래서 절 가르칠 수 있겠어요?"

"미, 미안해요."

"휴우~ 선양법의 기본은 저도 아니까 상관없겠죠. 선양법이 채워서 힘을 얻는다면 선음법은 비움으로서 힘을 얻어요."

여전히 이해가 되지 않는다.

채움과 비움을 같이할 수 있는 건가?

하민은 이걸 해결할 방법이 있는 건가?

"저도 아직 어떻게 해야 할지 몰라요. 하지만 이름에서 알 수 있듯이 선양법과 선음법은 한 뿌리에서 나왔어요."

"한 뿌리에서 나왔는데 서로 적이다?"

"거기에 대해선 말해줄 수 없어요."

대략 짐작은 간다.

권력이나 돈을 위해 한 형제 간에 피 터지게 싸우는데 선양법, 선음법이란 힘을 두고 왜 싸움이 없었겠는가.

"계속 설명할게요."

"네."

설명이 진행되면서 몇 가지 궁금한 점이 더 생겼지만 말을 끊지 않았다.

"······단전에 모인 기를 임맥인 회음, 곡골, 중극, 관원, 석문, 기해, 음교, 신궐, 수분, 하완, 건리, 중완, 상완, 거궐, 구미, 중정, 전중, 옥당, 화개, 선기, 천돌, 염천, 승장을 따라 움직이며 옥침혈을 뚫게 되죠. 제 예상대로라면 선양법은 독맥을 따라 올라가 옥침혈을 뚫을 거예요."

"맞아요."

"선음법 1단계와 선양법 1단계는 비슷할 거라 생각했어요. 하지만 옥침혈을 뚫은 다음부터는 완전히 바뀌죠. 선음법은 그때부터 비우기 시작하죠."

"그렇군요. 음……."

"선음법 1단계는 이것으로 끝이에요. 궁금한 것 있으면 물어봐요."

2단계까지 알고 싶어진다.

생각이 정리가 되지 않지만 2단계를 들으면 혹 괜찮은 생각이 날까 해서다.

하지만 하민과 난 동등한 계약 관계.

그녀가 하나를 줬으니 나도 하나를 줘야 한다.

"하민 씨 예상대로 선도…… 선양법의 수련 방법은 선음법의 역(逆)이라고 보면 돼요. 독맥으로 기를 보내 옥침혈을 뚫는 거죠. 일단 호흡법부터 설명을 드릴게요."

난 내가 기억하고 행했던 선양법 1단계를 설명했다.

설명을 하다 보니 선양법에 대해서 나 자신도 배우는 바가 있었다.

"호흡법과 하단전에 기를 축척하는 법이 선음법과 다르군요."

"네. 하지만, 둘을 어떻게 조화를 시키느냐가 관건이군요."

"……."

"응? 제가 뭘 잘못 말했나요?"

갑작스레 말이 없어지며 뭔가를 고민하는 듯한 하민의 태도에 방금한 설명 중 무엇이 잘못되었나 싶었다.

"……말 안 한 게 한 가지 있어요."

하지만 하민이 오히려 미안한 표정으로 말을 한다.

"뭔데요?"

"그게…… 선양법과 선음법은 동시에 배울 수 없어요. 미안해요."

하민의 말에 비로소 방금 전에 가졌던 의문이 해결된다.

비움과 채움이 동시에 가능할 리가 없었다.

"속일 생각은 없었어요. 다만 선양법이 반드시 필요했기에……."

속일 생각이 없었던 것이 아니라 이미 속인 것이다.

그러나 기분은 나빴지만 바로 자리를 박차고 일어나진 않았다.

그녀의 절실한 표정이 마음을 움직인다.

'왜 하필 이때 지안의 얼굴이…….'

"저에게 더 해줄 말은 없어요?"

"한 가지 더 있어요. 선양법은 남자가, 선음법은 여자가 배워야 해요."

"네? 하지만 하민 씨 동생도 선음법을……."

"배울 수는 있지만 1단계가 한계죠."

"아!"

난 환골탈태까지 했는데 이지원은 여전히 1단계에 머물고 있는 이유를 알 수 있었다.

어쩐지 기를 아무리 먹어 치워도 2단계에 이르지 못한 이유가 있었던 것이다.

"더 할 말은?"

"없어요. 그게 다예요."

"선양법은 동생에게 가르칠 생각인가요?"

"네."

"좋아요. 이번엔 그냥 넘어가도록 하죠. 하지만 다시 날 속인다면……."

"그런 일은 없을 거예요."

거대한 적이 있는데 굳이 친구를 버리고 또 다른 적을 만들 필요 없었다.

물론, 이유는 모르지만 급한 건 하민 쪽이다.

하지만 배우는 것은 오히려 내가 더 많았기에 이번엔 그냥 넘어가기로 했다.

"참, 하민 씨. 선도술은 알아요? 선양술이라고 해야 하나?"

"그건 선도술이 맞아요."

참, 헷갈리는 이름들이다.

"내일부터 바쁘니 오늘 선도술까지 진도를 나가는 게 어때요?"

"좋아요. 저도 심파의 기본을 가르쳐 드리죠."

"한데, 시간이 늦었는데 괜찮겠어요?"

"상관없어요."

"그럼, 어디 가까운 공원이나 갈까요?"

"제 집으로 가요. 수련할 장소가 있어요."

어느새 밤이다.

그리고 미인이 집으로 초대하는데 거절하는 건 예의가 아니다.

혹시 아는가?

새해 첫날 만리장성을 쌓을지.

2.
친구, 그리고 색골

떡 줄 사람 생각도 안 하고 떡 칠(?) 생각부터 한다는 속담이 있다.

정확한 말은 아니지만 지금이 딱 그 꼴이다.

약간의 설렘을 가지고 도착한 하민의 집.

당연한 얘기지만 그녀는 혼자 살고 있지 않았다.

당장 소라도 때려죽일 듯한 덩치에 왠지 무시무시한 살기를 나에게 계속 뿌려대는 그녀의 아버지가 도장 한편에서 눈도 깜박이지 않고 지켜보고 있었다.

물론, 기대치가 낮았기에 실망도 잠시, 본래 목적인 선도술만 가르치고 집에 갈 생각이었다.

선도술 27식과 호흡법을 가르칠 때만 해도 괜찮았다.

최하민이 똑똑해서인지 금세 기억하곤 곧잘 따라했으니까.

하지만 모든 동작을 기억한 이후 그녀의 질문부터 문제가 되었다.

"1식에 담긴 뜻은 뭐죠?"

무술이 김치냐? 담게?

나의 어리둥절해 하는 표정에 그녀는 뜨악하는 표정을 짓는다.

"서, 설마? 형식과 호흡법만 배운 거예요?"

"그거면 되지 딴 게 필요해요?"

"……!"

한참을 어이없이 날 바라보던 그녀는 결국 긴 한숨을 내쉬더니 알 수 없는 말을 했다.

"휴우~ 제가 필요한 게 선양법인 게 정말 다행이군요."

"알아듣게 설명을 좀 해봐요."

결국 참지 못하고 그녀에게 설명을 요구했다.

"승호 씨가 배운 선도술은 반쪽짜리예요."

"네에?"

반쪽짜리라니?

그럴 리가 없다. 분명 암천회의 차영호의 기억에서 온전히 훔친 선도술이다.

혹, 읽지 못한 기억에 다른 기술이 있단 말인가?

"선도술이 54식이란 말이예요?"

"그 말이 아니에요."

"그럼요?"

"가령, 승호 씨가 태권도를 배웠다고 해요. 그럼, 품새라는 걸 배우게 되는데 그게 선도술에선 27식이 되겠죠?"

"예."

"그럼, 품새를 배운 사람이 싸움을 잘하나요?"

"그건 아니죠. 열심히 수련을 해야죠."

"맞아요. 피나는 수련을 통해 그 동작을 완전히 자기 것으로 만들어야 하죠. 하지만 그것 말고도 진짜 필요한 게 있어요."

"뭐가 필요하다는 소리죠?"

"바로 그 기술로 많이 싸워봐야 한다는 거예요."

하민의 말이 맞는 말이긴 하지만 평범한 사람이 싸울 일이 얼마나 될까?

"요즘 싸움 좀 하고 있는데……."

"한 사람이 10번, 100번 싸워봐야 일반인에 비해 좀 더 강해지는 것뿐이에요."

"하지만 선도술이란 강한 무술이 있잖아요?"

도대체 하민이 뭔 말을 하려는지 감을 잡을 수가 없었다.

선도술이란 강한 무술을 배웠고, 얼마 전 별장에서 내가 부족하다는 걸 알게 되었지만 더욱 수련에 정진하면 그뿐이라 생각했다.

"선도술은 강한 무술이 아니에요."

"하지만……."

"물론, 승호 씨는 비전(秘傳)이라는 호흡법과 선양법을 배웠으니 언젠가는 강해지겠죠. 아니, 일반인들에 비하면 지금 충분히 강하죠. 하지만 만일 같은 선도술을 배운 사람이나 고수를 만나게 되면 낭패를 맛볼 거예요."

그녀의 말이 맞다.

살영대주는 내 공격을 막고 단 한 수에 날 쓰러뜨렸었다.

"선도술의 27식에 담긴 의미는 저도 상상할 수 없을 정도로 많을 거예요. 가령 1초식에 있는 호희서(虎戲鼠:호랑이가 쥐를 희롱하다.)의 살짝 손가락을 구부리고 앞으로 뻗는 동작만 하더라도 상황마다 다르게 펼칠 수 있어요. 다가오는 팔을 호미처럼 걸어 방어를 할 수도 있지만 눈을 찌를 수도 아님 혈도를 공격할 수도 있죠."

그녀의 설명을 듣고 보니 오로지 공격으로만 사용했던 내가 얼마나 어리석었는지 알 수 있었다.

"이처럼 하나의 초식이라도 수백 년은 족히 고쳐지고 추가되어 수많은 뜻을 가지게 되죠. 그래서 스승이 무술을 가르칠 때 그러한 의미를 설명해 줘요."

하지만 왠지 수긍하려니 묘한 반발심이 생긴다.

"무협지를 보면 희대의 무공을 얻으면 바로 천하무적이 되던데……."

그래서 내가 생각해도 어리석은 질문을 해본다.

"휴~ 그건 소설일 뿐이에요. 한 방만 때려도 죽일 수 있는 희대의 무공을 얻었다고 해도 그 초식을 있는 그대로 사용한다면 결국 파헤쳐지게 되어 있어요. 그래서 초식을 섞어 사용하죠."

하긴 무협지에선 주인공이 어떤 동작을 펼치는지 매번 장황하게 설명할 수는 없다.

그냥 단순히 '벽력신공, 제1장, 1초식 벽력만해!' 이런 식으로 표현함으로서 독자들이 알게 쉽게 하는 것이다.

"하지만 선도술은 하나의 동작에 공격과 수비가 동시에 이루어져요. 호흡서 동작으로 보자면 호(呼)일 때 공격을 하고 흡(吸)일 때 방어를 하죠. 이렇게 공수가 동시에 이루 어지는데 굳이 호흡서를 방어로 사용할 필요가 있을까요?"

반발심에 내뱉은 이 말이 조금 전까지 갑(甲)의 입장이던 날 을(乙)로 만들었다.

"서, 설마? 저와 대련할 때도 그런 식으로 펼친 건…….뭔가 이상하다고 생각은 했는데 정말 그랬군요?"

"……당연히 그랬죠."

그녀의 반응에 대답을 하면서도 약간 찝찝함이 느껴져 자신감이 없었다.

"도대체 당신의 스승님은 뭘 가르친 거죠?"

하민의 얼굴은 설명 내내 짓고 있던 어이없는 표정에서 불신의 표정으로 가득 찼다.

◆　　◆　　◆

"하합!"

"이얍!"

넓은 도장 안에 있는 사람들은 추운 겨울임에도 땀을 흘리며 대련을 하고 있다.

아니, 대련이라기보다는 흡사 생사결처럼 격렬하다.

퍽!

"커억!"

그들 중 조금 어려 보이는 한 명이 집중력이 떨어졌는지 손발이 어지러워지더니 결국 얼굴에 한 방을 허용하며 피를 뿌리고 쓰러진다.

하지만 주변의 어떤 이들도 그를 신경 쓰지 못했다.

"헉헉! 사제, 괜찮아?"

상대를 하던 이가 재빨리 부축을 했지만 기절을 했는지 축 늘어져 있었다.

"안으로 옮겨놓고 넌 나오너라."

"예!"

도복을 입은 차영호가 다가와 명령하자 재빨리 들쳐 업고 뛰어간다.

그 모습을 잠깐 바라보던 차영호는 주변을 돌아본다.

벌써 1시간째 죽기 살기로 대련을 하고 있는 사제들은 집중력이 많이 떨어져 있는 상태였다.

"모두들 정신 차려라. 정신 이동자 그놈은 선도술을 알고 있다. 쥐새끼처럼 도망만 치는 놈이 아니라 언제든지 우리를 물 수 있는 하이에나 같은 놈이다. 그리고……."

정신 이동자에게 죽은 사제들이 생각나는지 일순 표정이 굳어지던 차영호는 어금니를 앙다물곤 말을 잇는다,

"놈에게 죽은 사형제들을 잊지 마라! 20분간 휴식 후, 2 대1 대련을 시작하겠다. 휴식!"

"어이쿠!"

"휴우~"

"크으~ 말할 힘도 없다."

휴식이라는 말과 함께 대련을 하던 이들은 모조리 그 자리에 누워 버린다.

거친 숨소리와 앓는 소리가 도장에 가득하다.

"야! 누가 물 좀 가져와라."

선도회의 정식 제자 중 서열 4위에 위치한 서관수는 누운 채 고함을 질렀다.

하지만 한참이 지난 것 같은데 누구 하나 물을 가져올 기미가 보이지 않았다.

"이놈들이 빠져 가지고……."

평소 지랄 같은 성격으로 '꼴통'이라 불리는 서관수가 일어나며 막 발작을 하려는 찰나, 불쑥 내밀어지는 물 잔.

금세 표정이 바뀐 그는 물을 받아들며 시원하게 들이킨다.

"흐흐, 고맙…… 사, 사형!"

서관수는 다 마신 물 잔을 건네다 물을 갖다준 이가 차영호임을 알고는 화들짝 놀라 일어섰다.

스승을 제외하곤 꼴통 서관수가 유일하게 따르는 사람이 차영호였다.

"사형이 왜 물을…… 새끼들이 빠져 가지고."

쑥스러움에 괜히 옆에 누워 있는 사람을 발로 걷어찬다.

"괜찮다. 앉아 쉬어라."

"저야 튼튼하잖아요, 하하하! 그나저나 사형은 좀 쉬셨습니까?"

"그래."

쉬었다곤 하지만 서관수가 보기엔 도통 잠을 못자고 있다는 걸 단박에 알 수 있었다.

"너무 걱정 마세요. 금방 잡힐 겁니다."

"네 말처럼 되었으면 좋겠구나."

"그리고…… 사형 잘못이 아닙니다."

서관수의 말에 왠지 씁쓸한 웃음을 짓던 차영호는 돌아서 지쳐 누워 있는 사제들에게 물을 건네며 멀어진다.

"씨발……."

그가 하는 양을 물끄러미 바라보던 서관수는 나지막이 욕을 뱉고는 애꿎은 사제들에게 소리친다.

"대사형이 물을 나르게 만들어? 니네들 훈련 끝나고 보자! 으득!"

누워 있던 이들은 서관수의 독기 어린 말에 비로소 그들이 한 짓(?)을 깨닫곤 아연해지는 표정을 짓는다.

사제들의 훈련을 끝내고 차영호는 도복 차림 그대로 어디론가 향한다.

살기가 은연중에 흐르는 곳, 살영대의 거처였다.

얼마 전까지만 하더라도 따끔거리는 살기에 들어가는 걸 망설였지만 정신 이동자와의 사건 이후 차영호는 거리낌 없이 안으로 들어갔다.

언제나처럼 어두운 실내.

오늘따라 앞이 보이지 않을 정도로 캄캄하다.

"왔느냐?"

"예, 대주."

차영호는 목소리가 들리는 곳으로 정중히 인사를 한다.

"날이 갈수록 몸이 나빠지는구나. 여전히 잠을 못 자는 거냐?"

"……아닙니다."

"녀석하곤……. 오늘부터는 어제 말했던 대로 다른 수련을 하자. 이리 와 앉아라."

"예."

사건 처리를 한 후, 차영호는 살영대주와 대련을 계속해 오고 있었다.

정신 이동자의 선도술이 단지 빠를 뿐 체계적이지 않다는 걸 그에게 들은 후부터 스피드를 키우는데 주력을 했었다.

하지만 스피드를 높이는 것엔 한계가 있었고, 혹 정신 이동자가 숨겨둔 한 수가 있다면 다음에도 낭패를 당할 수 있었기에 더욱 강한 수련을 살영대주에게 요구했었다.

오늘이 바로 새로운 수련을 시작하는 날.

그러나 막상 대답은 했지만 앞이 보이지 않아 차영호는 곤혹스러웠다.

잠시 눈을 감았다 뜨면 어둠에 익숙해져 어느 정도 보일 거라 생각했는데 여전히 아무것도 보이지 않았다.

조심스럽게 살영대주의 목소리가 들리던 곳으로 움직이며 온몸의 기를 곤두세운다.

물컹.

"죄, 죄송합니다."

조심스럽게 다가갔지만 결국 살영대주를 밟은 차영호는 재빨리 뒤로 물러나며 사과했다.

우지끈! 와장창!

하지만 뒤로 물러난다는 것이 또 다른 뭔가를 건드렸는지 부서지는 소리가 들린다.

"하하하! 개의치 말고 앉아라."

"……예."

당황해서 어쩔 줄 모르던 차영호는 살영대주가 있을 곳이라 짐작되는 방향을 보며 앉았다.

"차라도 한잔하겠느냐?"

살영대주가 자신을 놀리기 위해 이러지는 않았을 거라 생각하고 있었고 곧 말해주리라는 걸 알고 있었다.

하지만 결국 궁금증을 참지 못하고 물었다.

"대주께서는 이 어둠에서 모두 보입니까?"

"내 눈이라고 자체적으로 발광하는 것도 아닌데 이 어둠을 어찌 꿰뚫어 보겠느냐?"

"예? 보이지 않으신다고요? 그럼 어떻게……?"

"마치 보는 것마냥 행동할 수 있냐고? 간단해. 기를 확장시켜 사물을 느끼면 되는 거야."

"……!"

차영호는 놀랐다.

말이 쉬워 기의 확장이지 그렇게 되기 위해선 얼마나 기에 민감해야 하는지 잘 알고 있었다.

"그렇게 놀라지 마라. 선도법 2단계를 완성하면 누구나 할 수 있는 일이니까. 또한, 너의 노력에 달려 있겠지만 내가 2단계에 이를 때 사용했던 방법이기도 하니 너에게 도움이 될 것이다."

"대주……."

"그렇게 부르지 마라. 곧 내가 죽이도록 미워질 테니."

살영대주의 말이 거짓이 아니라는 건 알 수 있었지만 어떤 힘든 훈련을 시켜도 참고 해낼 생각이었다.

"스승님께는 내가 말해둘 테니 넌 다른 일에 신경 쓰지 말고 오직 수련에만 힘쓰도록 해라."

"알겠습니다. 한데, 사제들 훈련은……."

"그것도 내가 알아서 하겠다."

차영호는 선도법 2단계를 완성시키는데 도움이 되는 수련이라는 말에 살영대주가 2단계에 이를 당시 어떤 상황이었는지 생각하지 못했다.

"수련에 앞서 할 말은 없느냐?"

마치 유언을 말하라는 것처럼 들리는 목소리.

"……담현이는 어떻게 되었습니까?"

사건 직후 유담현은 살영대주가 데려갔는데 차영호는 지금까지 단 한 번도 그가 어떻게 되었는지 물은 적이 없었다.

비록 정신 이동자에게 정신을 빼앗겨 있었다곤 했지만 그의 손에 죽은 사제들과 살영대원들이 너무 많았다.

그래서 하루에도 몇 번이고 그에 대해 묻고 싶었지만 참아야 했다.

"아직은 살아 있다."

"살 수는…… 있겠습니까?"

"글쎄다. 나도 모르겠구나."

"……."

차영호는 더 이상 말을 하지 못했다.

뭐라고 설명할 수 없는 기분이 그의 마음속에서 소용돌이친다.

"장로회에서 돌보고 있으니 너무 걱정 말아라."

"장로회에서 말입니까?"

장로회에서 유담현을 돌본다는 말에 귀가 번쩍 뜨였다.

전대의 고수들이 있는 장로회라면 살 수 있을 가능성이 높았기 때문이다.

"더 이상 할 말이 없다면 시작하자꾸나."

"예, 대주."

"도저히 못 참을 것 같으면 좌측 구석에 있는 버튼을 누르면 된다."

"예? 무슨 말인지……."

"곧 알게 될 것이다. 그럼, 성공하길 바란다."

덜컹!

살영대주의 말이 끝남과 동시에 앉아 있던 곳이 아래로 쑥 꺼지며 몸이 아래로 떨어진다.

본능적으로 손을 휘저어 자세를 바로 하려고 했지만 주변에 잡을 수 있는 건 없었다.

하지만 수련의 시작이라는 생각에 침착함을 되찾고 떨어지는 충격에 대비한다.

쿵!

"커억!"

그리 깊지 않았지만 예측할 수 없었기에 절로 신음 소리가 나온다.

여전히 앞이 안 보이는 어둠.

조심스레 손을 움직여 만져 보니 2평 남짓한 밀실이었다.

끼이잉!

"어? 대주! 이게 무슨 수련인지 말씀이라도 해주셔야……."

떨어졌던 입구가 닫히는 소리에 살영대주를 불렀지만 아무런 대답이 없었고 결국 문이 닫힌다.

"무슨 수련이기에 이러는 거지? 그리고 왜 아무 말씀도 없으신 거야?"

어둠에서 한참을 기다려 봐도 아무런 말도 없었기에 차영호는 체념을 했다.

"기다리면 뭔 말씀이 있겠지. 선도법이나 하며 기다릴까?"

차영호는 차분히 자리에 앉았다.

그리고 눈을 뜨나 감으나 똑같은 어둠뿐인 공간에서 선도법을 시작한다.

◆　　◆　　◆

"젠장!"

지금의 기분을 거칠게 표현하고 싶어 내뱉은 말이었지만 미성의 지원이 목소리라 맛이 살지 않는다.

최하민의 집에서 도망치듯 돌아와 며칠째 선도술을 공격 따로 수비 따로 나눠보려 했지만 쉽지 않았다.

물론, 단 며칠 만에 바뀔 거라 생각하는 내가 도둑놈 심보인지도 모른다.

지난 1년 6개월간 정말 미친 듯이 선도술에 매달렸었다.

그것도 윤승호, 이지원 두 사람의 몸으로 했으니 기존의 선도술이 아주 몸에 배 버렸다.

"이러다 기존의 선도술마저 망가지겠다."

결국 선도술을 공수로 나누는 걸 멈추고 소파에 몸을 던졌다.

"에구, 촬영이나 끝내고 본격적으로 해야지."

어차피 지원의 몸으로 선도술에 익숙해져 봐야 소용없었다.

조만간 기존의 기운도 모두 흩어 버리고 선음법과 심파술을 배워야 했다.

처음 선음법을 배우기 위해선 선양법을 버려야 한다는 하민의 말을 들었을 때 약간의 망설임도 있었다.

하지만 선음법과 심파술이 선양법과 선도술의 상극이라는 말에 고민은 사라졌다.

"다음 주면 선음법을 시작할 수 있겠군."

어차피 배우기로 한 거 하루라도 빨리 선음법을 시작하고 싶었지만 내가 하루 2~3시간을 제외하곤 촬영하느라 정신이 없었다.

선양법과는 전혀 다른 내공심법이라 아무래도 정신이 분산된 상태에서 행하기는 껄끄러웠다.

그나저나 수련을 하지 않으니 딱히 할 것이 없다.

방학이지만 몸이 아프다는 핑계로 보충수업도 신청하지 않았고, 학원을 다니는 것도 아니었다.

벨렐렐렐레~ 벨렐렐렐레~

"경비실에서 무슨 일로……."

뭘 할까 고민하는데 들리는 호출음에 비디오폰의 버튼을 눌렀다.

"네, 아저씨."

―지원 학생. 학교 친구들이라고 찾아왔는데?

학교 친구?

떠오르는 애라곤 수진이와 은경이밖에 없다.

하지만 그 애들에게 집을 가르쳐 준 적이 없었다.

―지원아! 우리야, 우리.

경비 아저씨의 얼굴이 한쪽으로 밀리며 불쑥 나타나는 밉살스러운 얼굴.

방긋방긋 웃고 있는 안수진이다.

"모르는 앤데요."

어떻게 찾아왔는지 모르지만 결코 집안에 들일 생각은 없었다.

―아니예요, 진짜 친구라니까요. 지원아, 장난치지 마.

경비 아저씨의 얼굴이 험악해지자 수진은 당황한 얼굴로 비디오폰을 보며 외친다.

―학생들 거짓말하면 못 써요! 어서들 나가요.

―진짜라니까요. 은경아, 너도 말해봐.

이미 아저씨에게 떠밀려 화면에서 사라진 수진의 다급한 목소리 따윈 알 바가 아니었다.

―……누구랑 사는지 다 말해 버릴 거야!

하지만 비디오폰을 끄려는데 들리는 협박.

유령과 같은 학교 생활은 이미 물 건너갔지만 그렇다고 주목받는 학교 생활을 하고픈 마음은 절대 없었다.

"으득! 아저씨, 죄송해요. 친구 맞아요."

어떻게 알았는지 몰라도 안수진 저 계집애, 나랑 지원이가 같이 사는 걸 안 모양이다.

"지원아! 그동안 잘 지냈어? 몸은 괜찮아?"

가증스러운 것.

문을 열자마자 수진은 방금 협박을 하던 녀석이 맞나 싶을 정도로 눈물까지 그렁거리며 달려온다.

당장 주리라도 틀어 어떻게 나에 대해 알아냈는지 알아보고 싶지만 줄줄이 소시지처럼 따라 들어오는 녀석들 때문에 참아야 했다.

"여~ 오래간만. 많이 아팠다며? 몸이 그리 비리비리하……지…… 않구나……."

어쭈? 꼴에 남자라고 몸을 훑어?

"넌 왜 왔어?"

"너, 넌이라니…… 난 학교 서, 선배란……."

지겹지도 않나? 또 똑같은 반응.

운동을 한다고 옷을 편안하게 입고 있었더니 아주 눈을 못 뗀다.

정신 차리라고 한 방 때려주고 싶었지만 같은 남자로서 충분히 이해를 한다.

퍽!

하지만 날 대신해 때려주는 이가 있었다.

"호호홋! 오랜만이다. 뺀질이."

꼴통 3인방 중 백미희가 최종민의 등짝을 후려갈기며 들어온다.

"선배들도 왔네요?"

"응, 애네 둘이 사귀고 있으니까 괜스레 분란 만들지 마라, 뺀질이."

주현아가 제집마냥 신발을 휙하니 벗곤 내 곁을 지나가며 한마디 던진다.

날라리와 열혈남아 커플이라…….

뭐 나름 잘 어울린다는 생각도 든다.

이때, 미세하게 들리는 기계음.

"카메라 안 끄면 확 부셔 버린다."

"끄, 끄고 있는 중이야."

정상욱이 후다닥 가방 속 몰래 카메라를 끈다.

"에휴~"

정상욱을 보면 절로 한숨이 나온다.

기억 조작 중 어디가 잘못되었는지 몰라도 점점 오덕후가 되어 가고 있었다.

몇 번 점핑을 해 기억을 살펴보고 쓸데없는 부분을 지워도 봤지만 나아질 기미가 보이지 않았다.

그에게 한마디 더해주고 싶었지만 나 때문에 저렇게 되었다는 자책감에 결국 안으로 삭힌다.

"너도 이제 좀 떨어지고 소파에 앉지?"

"싫어!"

코알라마냥 옆에 딱 붙어 고개를 흔드는 안수진.

얼마 전부터 생긴 두통이 다시 밀려온다.

"근데, 무슨 일로 이렇게 몰려온 거야?"

"무슨 일이긴 너 아프다고 해서 병문안 온 거지."

"집 정말 좋다."

"야! 먹을 것 더 없냐?"

"현아야, 여기 술 좀 봐. 우리 한잔할까?"

내 말을 듣는 건 오직 수진이 뿐이었다.

제각기 거실을 돌아다니며 이것저것 만지며 논다.

"집은 어떻게 찾아온 거야? 설마? 생활기록부를 본 거야?"

"아냐, 아냐! 그냥 심부름센터에 부탁한 거야."

"……"

잠시 멍해지는 느낌이다.

진정한 스토커가 될 가능성이 있는 애는 정상욱이 아니라 수진이었다.

　좋게 생각한다면 사생팬들도 심부름센터를 고용해서 스타들의 스케줄을 알아내니 딱히 특별하다고는 볼 수 없다.

　그러나 심부름센터를 고용해 내 뒤를 캤다는 것에는 기분이 좋지 않았다.

　"그래서 내 뒷조사까지 했다는 거야?"

　"그, 그냥. 몸도 좋지 않은데 방학 동안 어떻게 지내는지 걱정도 되고 해서……. 절대 다른 뜻은 없었어……."

　"됐다. 너한테 무슨 말을 하겠니?"

　하여간 사람 기분을 알아채는 건 귀신이다.

　내 기분이 좋지 않은 걸 깨달았는지 금세 눈물이라도 흘릴 듯 말하는데 도저히 더 이상 화를 낼 수가 없었다.

　"수진이 그만 괴롭히고 먹을 거나 좀 가져와라."

　최종민이 옆에서 끼어든다.

　말리는 시누이 같은 놈.

　"빈방 있는데 하나 줄까요?"

　너무 붙어 있어 좀 떨어지라고 한 말인데 얼굴을 붉히며 백미희의 눈치를 보는 종민이나 '몰라몰라.' 동작을 하는 백미희나 똑같다.

　사귄 지 얼마나 됐다고…….

　하는 모습을 보니 갈 데까지 간 연인의 모습이다.

　내가 종민을 탓할 정도로 깨끗한 놈은 아니지만 미성년자가 저래선 안 된다고 생각하는 걸 보니 나도 어느새 기성세

대가 되었나 보다.

집에 먹거리는 필요 이상으로 많았다.

8년간의 굶주림은 먹을 것에 대한 묘한 집착을 가지게 했고 잘 먹지도 않으면서 쌓아두는 습관을 가지게 했다.

"많이들 먹어……요."

두 팔 가득 몇 번을 옮겨와 테이블 위에 올리며 말했다.

"와! 내가 좋아하는 거다!"

"넌 과자만 먹고 사냐?"

"난 음료수만 있으면 돼. 하지만 성의가 있으니 먹어주지."

…….

각자 한마디씩 하더니 아귀처럼 먹어 치운다.

하지만 단 한 사람, 주현아만 나를 묘한 표정으로 쳐다본다.

"너 윤승호랑 무슨 관계야?"

"헉! 깜짝이야! 은경이 넌 언제 들어왔어?"

주현아를 보는데 갑자기 뒤에서 들리는 목소리에 화들짝 놀랐다.

"같이 왔었잖아. 말 돌리지 말고 말해. 무슨 관계야?"

이들이 집으로 들어올 때부터 들키리라는 걸 이미 예상하고 있었다.

내가 윤승호가 되면서 온 집을 도배하다시피 걸려 있던 사진들을 많이 제거했다곤 하지만 여전히 흔적은 많았다.

그리고 구석구석 그가 받았던 상이며 내가 작년에 받은

상까지 놓여 있었으니 모르는 것이 이상했다.

"맞아! 나도 묻는다고 했는데 잊어버렸다."

"나도. 집에까진 못 들어와 봤지만 여기가 승호 오빠네 집이라는 건 잘 알아."

특히, 꼴통 3인방이 왔다는 걸 알았을 때 포기를 했었다.

"난……."

"승호 오빠 의동생이지? 한동안 TV에서 꽤 시끄러웠잖아."

막 말을 하려는 찰나, 주현아가 나서서 깔끔하게 정리한다.

"맞다! 팬이었던 애가 코마 환자가 되어서 승호 오빠가 동생으로 받아들였다는 거."

"맞아, 맞아. 그 애 고아였다고 했었어."

하지만 뒤이어진 백미희와 김진아의 설명에 거실 분위기는 일순 조용해진다.

"휴우~ 내가 바로 그 애 맞아요."

분위기를 바꾸기 위해서 최대한 명랑하게 꺼낸 얘기였다.

하지만 분위기는 여전하다.

이후의 분위기는 뻔하다.

안쓰럽게 날 바라볼 것이다.

어린 시절부터 내가 가장 싫어하는 것이 날 볼 때 안쓰럽게 보는 것이다.

자격지심?

없다면 거짓이다.

윤승호가 되어 가장 좋았던 것은 돈도, 인기도 아니었다.
날 부럽다는 듯이 쳐다보는 눈들이었다.

오늘, 잊었다고 생각했던 과거의 아픔이 스멀스멀 올라오려 한다.

"대박!"

"까아! 완전 부럽다! 내가 빼질이었으면 얼마나 좋을까? 맨날 승호 오빠랑 같이 있는 거 아냐?"

"빼질이, 앞을 친하게 지내자."

"……."

내 예상과는 다르게 꼴통 3인방의 끔찍한 고음이 거실을 채운다.

생각이 없는 건지 아님 날 위하는 건지.

상관없다.

올라오려던 아픔이 사라지는 게 느껴진다.

"빼질이, 부탁 하나만 하자."

주현아가 갑자기 심각한 표정으로 목소리를 깔며 말한다.

"뭔데요?"

"승호 오빠랑 데이트 한 번만 시켜주라. 응?"

"까아! 기집애. 그건 반칙이야. 나 먼저 해주라, 빼……
지원아."

"나도! 부탁해."

"넌 종민이가 있잖아."

"됐거든. 남자 친구와 승호 오빤 달라."

난리도 이런 난리가 없다.

이미 데이트를 한다고 약속을 받은 사람들처럼 뭘 할지 서로 얘기한다.

여전히 옆에 달라붙어 있던 수진이 귀를 당긴다.

"왜?"

내가 묻자 귀까지 빨개진 얼굴로 속삭인다.

"나도……."

"너도?"

다행이다.

나에게 너무 달라붙어 의심을 했는데 수진이도 천생 여자였나 보다.

음식을 먹으며 깔깔거림은 한참 지속된다.

시끄럽고 생소한 분위기였지만 나쁘지 않다.

친구.

새삼스레 이 단어가 가슴에 와 닿는다.

"지원아……."

음료수를 더 가지러 냉장고로 향하는 날 최종민이 쭈뼛거리며 부른다.

"왜? 너도 승호 오빠랑 데이트 할래?"

"그, 그게 아니고……."

"그럼, 뭐?"

"……."

대답 없이 몇 번을 쭈뼛거리다 내 옆으로 다가오더니 조용히 속삭인다.

"비, 빈방이 어디냐?"

......

색골.

새삼스레 이 단어가 가슴에 와 닿는다.

3.
일상

천국의 신화 마지막 촬영과 TV방영이 끝났다.

마지막 회 시청률이 39.5%로, 40%의 벽은 넘지 못했지만 방송국, 투자사, 제작사 모두가 만족할 만한 결과였다.

이번 드라마로 가장 이득을 본 건 역시 나였다.

A급 배우라는 이미지를 확실하게 굳히며 광고가 물밀듯이 들어오고 있었고, 방송 출연 요청도 쇄도하고 있었다.

물론, 나 말고도 새롭게 주목받은 이들도 많았다.

특히, 민수린의 경우 완전 신데렐라가 따로 없을 정도로 바빴는데 덕분에 그녀의 마수(?)에서 어느 정도 자유를 되찾았다.

소속사 신 사장과 그렇고 그런 사이였던 최미란도 주목받는 배우가 되었는데 하루가 멀다 하고 TV에 얼굴을 비치고 있었다.

인기도 많아지고 출연 요청도 많은데 바쁘냐고?

아니다. 너무 한가해서 오히려 방송 출연을 하고 싶을 정도였다.

"왜 이리 한가해?"

매니저인 동수 형에게 물었더니 대답은 간단했다.

"사장님이 광고만 찍고 TV 출연은 하지 말래."

"왜?"

"이제 너도 특A급이잖아."

특A급.

방송 출연은 잘 안 하면서 광고로 돈 버는 일종의 불로소득계층.

1~2년 동안 영화나 드라마 한 편 찍어 얼굴만 알리고 다시 광고만 찍는 부류.

예전에 TV를 볼 때 그런 이들이 좀 얄미웠다.

하지만 막상 내가 그런 부류가 되었다고 하니 기분이 묘했다.

"휴~ 선도회 스승이라는 놈에게 점핑을 해볼까?"

물론 희망 사항이다.

어찌 된 일인지 요즘엔 차영호에게 원거리 점핑을 하려 해도 어떤 수를 썼는지 느껴지지 않는데 무슨 수로 스승이라는 놈에게 점핑을 할 수 있단 말인가.

한가함을 틈타 선도술을 연구하고 있지만 지지부진이다.

그나마 다행인 건 지원이 선양법을 버리고 선음법 1단계를 완성했다는 것이다.

비록 쌓여 있던 내공을 없애야 하는 건 아까웠지만 닦여진 임맥과 독맥, 넓혀진 단전까지 없어지는 건 아니었기에 완성은 빨랐다.

"지원이 심파술에 익숙해질 때까지 기다리는 수밖에."

심파술은 최하민이라는 사부가 있으니 제대로 배울 수 있다.

그때, 지원과 대련을 하면서 선도술을 좀 더 발전시킬 수 있을 것이다.

"가만있으면 뭐하나? 거꾸로 다시 해보자."

선도술 27식부터 1식까지 완전히 거꾸로 펼치는 건 생각보다 훨씬 어려웠다.

제대로는 숨을 뱉으며 공격을 먼저 했다면, 거꾸로는 숨을 마시며 방어를 먼저 했다.

맨 처음 선도술을 할 때보다 더 느렸지만 어차피 남는 게 시간이었고, 복수를 위해선 반드시 변칙적인 공격이 필요했기에 어쩔 수 없는 선택이었다.

지원은 심파술의 기본 동작을, 나는 선도술을 거꾸로 천천히 펼친다.

―점점 더 멀어져 간다~ 머물러 있는 청춘인 줄 알았는데~ 비어가는…….

"누구지?"

내 실제 나이가 올해 서른하나.

나이가 나이이다 보니 김광석의 '서른즈음에'라는 노래가 마음에 들어 벨소리로 지정해 두었다.

모르는 전화번호.

연예인들 중 전화번호를 자주 바꾸는 사람들이 많다 보니 혹시나 하는 마음에 통화버튼을 눌렀다.

"여보세요?"

—색깔이 바뀌는 동물이 뭐예요?

다짜고짜 질문부터 던지는 여자 목소리.

대략 상황을 짐작했기에 '누구지?'라는 의문은 일단 접어둔다.

"카멜레온."

—맞아요! 사막에 사는데 등이 볼록한 동물……

"낙타."

—마치 지렁이처럼 생겼는데 엄청 징그럽고 무서운……

"뱀?"

—뱀은 뱀인데 엄청 큰……

"보아뱀? 아나콘다?"

문제를 맞히기 시작하자 수화기 너머로 사람들의 웅성거림이 들리는 걸 보니 추측대로 '열바퀴'라는 예능 프로그램인 모양이다.

그리고 목소리를 계속 들으니 전화를 한 사람이 누군지 알 수 있었다.

문제를 모두 맞히자 웅성거림은 더욱 커졌고 최미란이 친한 척 말을 걸어온다.

—승호 오빠, 저 최미란이에요. 바쁜데 전화한 거 아니에요?

"괜찮아. 지금 방송 중이라 존댓말을 써야 하나?"

최미란이 방송에 나와의 관계를 어떻게 말했는지 몰라도 일단 장단을 맞춘다.

같은 소속사에, 천국의 신화 촬영을 하며 간혹 얘기도 했던 이를 곤란하게 만들고 싶진 않았다.

—윤승호 씨, 여기는 열바퀴입니다.

"네, 안녕하세요."

—갑작스런 전화에도 문제를 아주 잘 푸시네요.

"미란 씨가 설명을 잘해줘서 이해하기가 쉬웠습니다.

MC들과 이런저런 얘기를 하며 잘 마무리하려는 찰나,

—미란 씨 말로는 절친이라고 하시던데……. 같은 소속사라 짜신 건 아니시죠?

진행자 중 독설로 유명한 MC가 짓궂은 질문을 던진다.

"하하, 아닙니다. 천국의 신화 촬영을 하며 많이 친해졌는걸요."

이왕 도와줄 것 끝까지 도와주는 게 좋았다.

—그래요? 그럼, 친한 사이라면 미란 씨에 대해 많이 알겠군요? 혹시 미란 씨가 좋아하는 음식은 아세요?

'내가 알 게 뭐냐?'

단체 회식을 몇 번 했지만 최미란이 무슨 음식을 좋아하는지까지는 알 수는 없었다.

하지만 불현듯 머릿속에 떠오르는 소속사 신 사장의 기억
들.

"미란 씨가 소곱창을 즐겨 먹긴 하는데……."

—잘 아시네요. 절친 인증합니다. 그건 그렇고 조만간 저
희 프로에 한 번 나와주세요.

"여유 있을 때 한 번 불러주세요. 하하!"

출연 요청을 두루뭉술하게 대답하며 넘겼다.

설령 내가 나가고 싶다고 해도 신 사장이 막을 것이다.

열바퀴라는 예능 프로그램의 특색이 출연자가 망가져야
하는데 기껏 천국의 신화로 만들어 놓은 이미지에 타격을
입게 될 것이 분명했기 때문이다.

"방송 잘하고 나중에 봐."

—네, 오빠.

전화를 끊으며 예의상 한 말은 이틀 후, 사실이 되었다.

◆　◆　◆

인기와 미모는 비례관계인지 최미란은 얼마 전보다 훨씬
예뻐졌다.

물론, 화장빨이 한몫했겠지만 약간의 사심이 생길 정도로
달라져 보였다.

"나와 줘서 고마워요, 오빠."

"빈둥거리는 날 초대해 줘서 오히려 고맙지, 하하!"

어제 미란에게 예능 프로그램에서 받은 외식 상품권으로

같이 식사나 하자는 전화를 받았다.

거절할까 싶었지만 알리바이가 필요한 나에겐 집에만 있는 것도 좋지 않았기에 수락을 했다.

암천회가 비록 감시자들을 철수시켰다곤 하지만 언제 어디서 날 감시할지 모르는 일이니 미리 조심하는 것이다.

"뭐, 드실래요?"

"여기 바다가재가 맛있는데……. 해물 괜찮아?"

"호호, 없어서 못 먹죠."

식사는 꽤 즐거웠다.

천국의 신화라는 공통적인 대화 주제도 있었고, 방송 활동이 많아지면서 겪은 최미란의 얘기들도 재미있었다.

"그 언니 은근 텃세 부리더라고요. 카메라 돌 때 챙기는 척하는 건 완전 이중인격이라니까요."

"그래?"

"그렇다니까요. 작가가 오빠에게 전화 연결하라고 하니까 '같은 소속사끼리 잘한다.'라고 중얼거리는 것도 똑똑히 들었어요."

역시 TV에 나오는 연예인들의 모습은 이미지일 뿐이었다.

멀리서 찾을 필요도 없이 나와 내 눈앞에 있는 최미란만 봐도 알 수 있는 일.

내가 윤승호가 되었을 땐 이미 스타였기에 주위엔 좋게 말해주는 이들밖에 없었다.

또한, 배우들의 기억을 읽을 때도 딱히 그런 부분에 대해 관심이 없었기에 떠오르는 기억도 없었다.

그래서 연예계의 암투에 대해 말하는 최미란의 말에 자연 귀 기울이게 된다.

"오빠도 처음엔 고생 많았죠?"

"난 별로."

"하긴 오빠 처음부터 승승장구했으니까…… 그리고 지금은 톱스타니 그런 게 없겠구나."

"너도 이제 스타가 됐잖아?"

"스타라니 전 아직 멀~었어요. 이제 겨우 조연으로 드라마 한 편 찍었을 뿐인데요. 이러다가 흐지부지 사라지게 될까 두려운걸요."

생각해 보니 한 해에 신인으로 나오는 이들이 얼마나 많은가?

그들 중 다음 해에 TV에 나오는 이들은 소수에 불과하니 미란의 말이 틀리진 않았다.

'내년에 잘될 거야.'

'넌 할 수 있어.'

'언젠가는 너도 스타가 될 거야.'

이런 희망적인 말을 해서는 안 되는 곳이 어쩌면 연예계가 아닐까 생각해 본다.

'스타'라는 한마디에 너무나 많은 이들의 인생이 소모되고 있는 곳.

그러면서도 내가 할 수 있는 말은 한정적이었다.

"잘될 거야."

"오빠가 얘기하니 힘이 나네요. 후후!"

식사는 끝이 났지만 우리는 일어나지 않았다.

자리를 옮기기도 뭐해서 와인을 추가로 시켜 마시기 시작했다.

"참, 오빠 그날 정말 고마웠어요. 그냥 조금 아는 사이라고 했는데도 작가가 전화 연결하라고 계속 부추기는 바람에……."

"괜찮아. 앞으로 계속 전화해도 돼."

"정말요?"

"그럼. 내 팬들의 성화만 견뎌낼 수 있다면 언제든지."

"호호호! 저도 지금 그 걱정 중이에요. 그래서 한동안 트위터는 끊으려고요."

"잠시 그러는 것뿐이니 너무 신경 쓰지 마."

"저~~언혁! 신경 안 써요. 내가…… 어떻게 잡은 기회인데……."

뒷말은 혼잣말처럼 중얼거린 거였지만 내 귀에는 또렷이 들렸다.

"오빠랑 친하다고 하니까 출연 예정인 프로그램들 작가들한테 전화 온 거 있죠. 그전에는 그냥 몇 가지 에피소드를 말하는 것뿐이었는데 오빠와 관련된 얘기라면 많이 해도 된대요. 그런데 촬영 때 조금 얘기해 본 걸로 무슨 얘기를 하겠어요? 그래서, 그냥 이것저것 제가 지어서 몇 가지 말할 건데 괜찮을까요?"

"그럼, 안 되지."

"……."

"같이 겪은 에피소드인데 내가 모르면 안 되잖아? 무슨 얘기할지 나한테 말해줘."

잠깐 안 된다는 말에 얼굴이 굳어졌던 미란은 곧 활짝 웃으며 얘기를 한다.

"그러니까, 제가 연습생 시절 때 오빠 처음 본 거예요. 그래서 멍하니 쳐다보며 걷다가 열리는 문짝에 부딪혔고, 오빠가 웃으면서 다치지 않았냐고 부축해 주는 에피소드가 있고요. 또 다음은……."

찬찬히 미란의 얘기를 들으니 에피소드가 너무 밋밋하다.

"그렇게 해서는 주목받기 힘들겠다. 그러지 말고, 첫 번째 에피소드는 이렇게 하는 게 어때?"

"어떻게요?"

"소속사 휴게실에 커피나 한잔할까 하고 갔는데 내가 누군가와 커피 마시는 모습을 봤다. 한데 얘기 중이라 인사를 못하고 커피를 뽑아 가려고 하는데 그때 얘기가 끝났다. 그래서 얼떨결에 인사를 했는데 손에 쥐고 있던 커피를 생각하지 못했고, 그 커피는 내 여기에 쏟아진다. 닦아 주고 싶은 마음은 굴뚝같았지만 부위가 부위인지라 무척이나 곤란했다. 그 후 우리 둘은 친해졌다. 이런 식으로 말이지."

"꺌꺌꺌! 그거 재미있겠어요. 한데, 뜨거운 커피잖아요?"

"뭐, 그때 가죽바지를 입고 있어서 다행이었다. 이 정도면 되지 않을까?"

"너무 좋아요!"

"그러면 MC들이나 다른 패널들이 뭔 말을 하겠지? 그거야 적당히 말하면 되는 거고. 그 다음에 간혹 둘이 만나면 그 얘기를 하는데 그때마다 내가 '오빠 장가 못 가면 네가 책임져야 한다.'고 말한다고 한마디 더해주는 거지."

"호호호! 저야 좋지만 오빠 이미지에 안 좋잖아요."

"왜 안 좋아? 젠틀하고 왠지 마음이 넓어 보이지 않아?"

"또 전화 연결하자고 할 텐데요?"

"그제도 전화 연결했는데 또 전화 연결하면 왠지 희소성이 떨어지잖아. 문자 메시지를 보낸다고 하는 거야. 네가 나에게 '2년이 지났는데 다 나았어요?' 라고 보내면 '아직도 뜨거워! 장가 못 가면 네 책임인 거 알지?' 이런 식으로 내가 보내면 되지."

"좋은 생각이네요."

"또 다른 에피소드는……."

우리는 시간 가는 줄도 모르고 한참 동안 에피소드를 만들며 즐거운 시간을 보냈다.

"시간이 벌써 이렇게 됐네? 이제 그만 일어날까?"

그냥 밥만 먹고 간단히 얘기하고 끝내려던 계획과는 조금 다른 방향으로 끝이 났지만 본래 목적인 알리바이를 만드는 건 성공했으니 만족했다.

"저, 승호 오빠……."

"응?"

"나 오늘 늦어도 아무 상관없는데……."

"……."

당연 미란이 무슨 얘기를 하는지 잘 알고 있다.

하지만 오늘 미란과 얘기를 하기 전이라면 모를까 지금은 전혀 그럴 생각이 들지 않는다.

물론, 미란이 신 사장과 비밀스런 관계라 그런 것도 아니었다.

"미안, 오늘은 안 될 것 같아."

"수린이 언니 때문인가요? 아님, 은진이랑 여전히 사귀고 있는 건가요?"

당돌한 미란의 말에 순간 머리가 띵해진다.

아무리 연예계에 비밀이라곤 없다지만 누가 나불거리며 다닌 건지 궁금해진다.

신 사장? 동수 형? 수린이?

수린이 그 계집애가 나불거린 게 틀림없어 보인다.

"제가 매력이 없나요? 사귀자는 게 아니니 걱정 말아요. 오늘은 그냥 오빠랑 있고 싶은 것뿐이에요."

"그런 거 아냐. 그냥…… 오늘은 싫다는 것뿐이야."

"왜요?"

"글쎄, 오늘은 네가 여자라기 보다는 동생 같아서."

"……."

거짓말이다.

갓 피어난 꽃처럼 예쁜 여자의 유혹인데 그렇게 생각할 이유가 없다.

다만, 오늘 미란과 함께한다면 그녀를 연예계에 데뷔시켜주겠다 대가성 성로비를 받던 신 사장과 다를 바 없는 인간이 될 것 같아서였다.

나에겐 잠시 잠깐의 쾌락이 되겠지만 미란에겐 또 다른 아픔이 될 수도 있었다.

"쳇! 소문과는 많이 다르네요. 싫다면 어쩔 수 없죠. 하지만 날이면 날마다 오는 기회가 아니에요, 오라버니."

"알아."

벌써부터 마음에 약간의 아쉬움이 남는데 두말하면 잔소리다.

"자, 이제 마무리하고 집에 가볼까?"

난 아쉬움을 털듯 명랑하게 말했다.

"무슨 마무리요?"

"트위터에 올릴 절친 인증 사진 정도는 찍어야지."

"풉! 서비스 정신이 대단하시네요. 오. 빠."

'계속 그렇게 유혹하면 오빠 짐승이 된다.'

속마음이야 어찌 되었건 우리는 얼짱 각도로 사진을 찍는다.

◆　　◆　　◆

암천회가 정신 이동을 막기 위해 뭔가를 했다.

힘들게 알아낸 15명의 회원들에게 점핑이 불가능했다.

언제든지 점핑할 수 있도록 방을 만들어뒀건만 무용지물

이 되어 버리니 약간 허탈한 마음이 들었다.

하지만 점핑을 할 수 있을 때보다 좀 더 힘들다 뿐이지 이미 그들을 파멸시키기 위한 작업은 계속되고 있었다.

방학인 지원이와 광고를 찍는 걸 제외하곤 한가해진 요즘이 기회였기에 틈만 나면 번갈아 점핑 중이다.

"이러다가 머리가 깨지겠다."

기억을 읽고 필요한 부분을 제외하곤 다 삭제시킴에도 불구하고 대기업 회계와 관련된 일이라 양이 너무나 방대했다.

"왜? 머리 아파?"

"됐거든. 운전이나 하세요."

"지, 진짜 내가 말한 거 아니라니까!"

차라리 귀신을 속여라, 이 인간아.

미란이는 역시나 동수 형에게 나에 대한 정보를 얻었다.

미란이 눈웃음을 지으며 묻자 아주 정신이 나가 주절거린 것이다.

"하여간 다음에 한 번만 더 내 귀에 이상한 얘기 들어오면 형은 끝이야."

"……알았어."

잘못은 아는지 목소리가 기어들어 간다.

이내 동수 형에게 신경을 끄고 다시 기억을 정리한다.

고등학교 때 수학책을 멀리한 벌을 받는 건지 지금 머릿속은 온통 수(數)로 가득하다.

"승호야, 도착했어."

"끝날 때까지 기다려요."

"......"

뭔 말을 하려는 동수 형을 무시하고 차문을 열었다.

내 소문을 낸 벌은 쉬는 날에도 계속 출근을 해야 한다는 것과 밥은 알아서 해결하라는 것.

그동안 너무 마음 좋은 사람처럼 풀어줬더니 매니저로서의 긴장감이 사라졌다.

이번 기회에 아주 바짝 조일 작정이다.

밖으로 나오자 실내야구연습장이란 간판이 눈에 띄고 주변에 연예인들이 타는 밴들과 고급 승용차가 주차되어 있었다.

내가 이곳까지 온 것은 미란이와 헤어진 후 우연찮게 호텔 로비에서 선배 배우를 만나게 되었고, 그에게 야구단 가입 권유를 받아서였다.

물론, 지금 내 처지에 취미 활동이라니 좀 웃긴 얘기다.

하지만 복수만 생각한다고 복수가 되는 건 아니었다.

나에게도 여가 시간이 필요했다.

딱! 딱!

카운터를 지나 야구장 안으로 들어가자 꽤나 상쾌하게 공치는 소리가 들린다.

"야! 거기서 알 까면 어떻게 해!"

"얘 어제 먹은 술이 안 깼나 본대? 킥킥!"

'야구시대' 라 적힌 하얀 야구복을 입은 이들이 실내라기엔 꽤 넓은 야구장에서 연습 중이었다.

하지만 취미 생활이라는 걸 말해주듯이 다들 여유가 있어 보인다.

바로 알은 채를 할까도 싶었지만 왠지 저들의 훈련하는 모습을 바라본다.

"여~ 승호야, 언제 왔니?"

"좀 전에 도착했어요."

"그럼, 날 부르지 뭘 그리 쳐다보고 있니?"

"하하! 열심히 운동하는데 방해할 수 있나요?"

임상기가 날 보곤 반갑게 맞이해 준다.

임상기은 연예계 마당발로 유명한 사람인데 호텔에서 만난 이가 그였다.

"현철이 형. 승호 왔어."

"안녕하세요, 선배님."

"승호구나. 반갑다. 그냥 편하게 형이라고 불러라."

TV에서는 꽤 많이 봤지만 임상기도 호텔에서 만났을 때가 처음이었고, 장현철도 오늘 처음 봤다.

하지만 서로가 익숙한 얼굴들이라 그런지 살갑게 구는 태도가 어색하지 않다.

"근데, 넌 야구 좀 하나?"

"어릴 때 동네야구 한 게 전부예요."

"아~ 그럼, 곤란한데……."

"형! 준희 때야 어쩔 수 없었다곤 하지만 승호까지 입단 못 시키겠다고 하면 나도 가만 안 있을 거야."

"니가 가만 안 있으면 어쩔 건데?"

"형수한테 형 비밀 말해 버린다."

"해라~ 나만 비밀 있냐? 이번 기회에 아주 둘이 같이 죽자."

"아, 증말! 다음부터 절대 추천 안 할 거야."

"하지마! 매번 야구 생판 초짜들만 데려오는 주제에……."

티격태격거리는 모습이 둘이 친한 정도를 보여주는 것 같아 살짝 웃음이 난다.

"승호는 내 학교 직속 후배야. 그러니 잘 부탁해, 형."

"몰라! 새끼야. 일단 테스트해 보고 애들 의견도 물어봐야 하니까 나중에 다시 얘기해. 일단 인사나 시켜."

"잘될 거야. 걱정 마."

단장인 장현철과 얘기를 끝낸 임상기가 귓속말로 속삭인다.

물론, 걱정 따윈 안 한다.

그냥 취미 생활을 하려는 것뿐인데 안 받아준다고 아쉬울 건 딱히 없었다.

"자자~ 새로운 단원을 데려왔습니다. 모두 인사들 하시죠."

벌써부터 우리가 대화하는 곳에 단원들의 이목이 집중되고 있었다.

그러다 임상기의 말이 떨어지자마자 우르르 몰려온다.

이제는 연예인 보는 것에 제법 익숙해졌다고 생각했지

만 단체로 몰려오는 낯익은 스타들의 얼굴에 기분이 묘하다.

"누군가 했더니 승호구나. 반갑다."

"예예, 선배님."

90년대부터 지금까지 최정상에 있는 배우, 한동권.

"하하하, 요즘 대세 승호구나. 앞으로 잘 지내자."

"예~ 선배님."

영화계의 개성파 배우로 이름을 날리고 있는 고명호.

"안 그래도 너 캐스팅하려고 대본 보냈는데 읽어봤지? 농담이고 앞으로 잘 지내자."

충무로의 새로운 흥행 감독으로 떠오르고 있는 설민중 감독.

"네, 감독님."

……

잘 모르는 얼굴들도 몇 명 있었지만 소개를 듣고 보면 하나 같이 연예계와 관련된 이들이었다.

야구단이 아니라 종합엔터테인먼트 회사 같은 이곳이 취미 생활만 하는 곳이 아니라는 생각이 퍼뜩 들었다.

살영대주가 나에게 뻗던 주먹 속도에 비하면 한참 느린 야구공이 날아온다.

퍽!

힘껏 휘두르면 야구공이 터지진 않을까 걱정했던 것이 우스울 정도로 방망이는 허공을 가른다.

"승호야, 방망이가 빠르다. 그리고 어깨에 힘이 너무 들어가 있어. 그냥 가볍게 갖다 댄다고 생각해."

"예, 형."

상기 형의 말에 내가 너무 긴장하고 있다는 걸 알았다.

'목숨을 걸고 싸울 때조차 이러진 않았는데……'

사실 난 단 한 번도 제대로 된 야구를 해본 적이 없었다.

고아원 뒷산에서 주워 온 짧은 방망이와 테니스 공으로 장난치던 것이 전부.

어제 인터넷을 찾아 자세와 룰 따위를 간단히 배웠을 뿐이다.

틱!

다시 몇 번의 헛손질 끝에 드디어 공을 건드릴 수 있었다.

뒤에서 날 지켜보는 상기 형이 '날 어떻게 생각할까?'라는 생각은 사라지고 배팅 머신이 다음 공을 토해내길 기다린다.

날아오는 공.

배트의 타이밍이 정확한 게 이번에는 확실히 때릴 수 있다는 느낌.

딱!

앞으로 쭈욱 뻗어 나갈 거라는 생각과 달리 땅볼이다.

다음 공도, 그 다음 공도 배트에 맞는 것이 정확한데 왜 자꾸 땅볼이 되는지 모르겠다.

"……방망이를 약간 밑으로 찍듯이 쳐! 도끼질 하듯이 말이야."

어제 찾아본 인터넷 자료에도 분명 그렇게 쓰여 있었는데 까맣게 잊고 있었다.

"도끼질이라……."

그러고 보니 도끼라면 예전에 한 번 제대로 사용해 본 적이 있었다.

비록 손도끼지만 말이다.

느릿하게 날아오는 공을 향해 난 도끼질을 한다.

따악!

공이 배트에 맞았다는 느낌이 들지 않았지만 시원한 소리가 울려 퍼진다.

비록 그물에 걸려 뻗어 나가지 못하는 공이었지만 내 가슴 한구석에서 뭔가가 쑤욱 내려가며 뻥하니 뚫리는 느낌이 든다.

짝짝짝!

"굿샷!"

상기 형이 박수를 치곤 엄지손가락을 들어 보인다.

"이제야 몸이 좀 풀리네요. 좀 더 쳐볼게요."

"오케이. 좀 더 연습하다가 테스트 받자. 그 정도면 입단은 문제없겠다."

"예."

난 대답을 하고 다시 배팅에 집중한다.

방금 느꼈던 시원함을 다시 한 번 느껴보기 위해서.

따악! 따악! 따악!
어쩌면 야구를 좋아하게 될지도 모르겠다.

4.
차가운 복수

3월, 삼 일간의 황금 연휴가 지나고 개학 시즌이 되었다.

나는 연채의 입학식에 참석하기 위해, 또 다른 반쪽인 지원은 고등학교 2학년 첫날을 맞이하게 되어 오전부터 바빴다.

서두른다고 서둘렀지만 학교 앞은 이미 많은 차들로 북적이고 있어 더디기만 하다.

하지만 더딤은 전혀 지루하지 않았다.

차창 밖으로 보이는 꽃을 파는 사람들, 낭만적인 대학 생활을 생각해서인지 들뜬 신입생들의 얼굴, 초·중·고 10년간의 뒷바라지가 끝났다는 시원함과 앞으로 대학에 갖다 바칠 등록금 걱정이 공존하는 듯한 부모님들의 표정.

제각각 어떤 생각을 하는지는 모르지만 저들의 모습을 바라보는 것만으로도 활력이 나에게 전해지는 것 같아 즐겁기까지 하다.

"어떤 분 차량이죠?"

"배우 윤승호 씨가 타고 있습니다."

"그럼, 들어가서 좌측에 있는 직원 전용 주차장에 주차하시면 됩니다."

"배려 감사합니다."

난 차창을 열고 주차 관리원에게 인사를 했다.

"아, 예……."

어딜 가나 대부분의 사람들이 연예인에 대해 특별 대우를 해준다.

음식점에 가도 밥 한 공기를 더 갖다준다.

윤승호로 살다보니 이런 일이 비일비재했다.

하지만, 난 한 가지는 확실히 알고 있고 잊지 않고자 했다.

그건 그들의 배려일 뿐이지 결코 존경이나 동경에서 나오는 행동이 아니라는 것이다.

예상은 했지만 생각보다 더 많은 취재진들로 북적이고 있었다.

공중파에, 종편방송, 케이블 TV까지 일제히 나에게로 몰린다.

"연채 양 입학식을 보러 오셨나 보죠?"

'당연한 걸 왜 물어?'

"예."

내심 취재진을 뚫고 지나가는 것에 투덜대면서도 얼굴엔 미소를 띠고 그들의 질문에 답한다.

"동생분이 같은 학교, 같은 과에 입학하게 되었는데 기분이 어떻습니까?"

"글쎄요. 기분이 좋⋯⋯습니다."

좋지만은 않다고 말할 뻔했다.

윤승호도 마찬가지였지만 연예인이라는 타이틀로 대학에 입학한 연채다.

대학에서 내가 보지 못한 연채의 재능을 봤을 수도 있었겠지만 학교 홍보를 위해 뽑았을 가능성이 높다.

"연채 양도 승호 씨처럼 연기에 소질이 있나 봐요?"

얼마나 잘할지는 미지수지만 여기서 잘못 말하면 두고두고 날 괴롭힐 게 뻔하다.

"저보다 오히려 잘하지 않을까 싶네요. 어릴 때부터 욕심이 많았거든요. 하하!"

"오~! 연채 양의 연기 데뷔가 기대되네요."

"부모님이 기다리고 계셔서⋯⋯. 이만."

오늘의 주인공은 내가 아니다.

그리고 주절대다 말 한마디 잘못하면 벌 떼처럼 달려드는 이들이 기자들이니 길게 얘기해 봐야 좋을 게 없었다.

학교 운동장에는 입학생들과 학부모님들로 북적이고 있었다.

"저 왔어요."

"어서 오너라."

"오느라 고생했지? 한데 저 카메라들 어떻게 안 되겠니? 불편하구나."

"걱정 마세요. 협조 요청하면 부모님 얼굴은 TV에 안 나올 거예요."

"굳이 그럴 필요까지야 없다만……."

"……."

평소와 다르게 아주 곱게 꾸미신 부모님.

아버지도 짐짓 모르는 척하시지만 카메라를 의식하시는지 표정이 굳어 계신다.

"아버님, 어머님 건강하시죠?"

"동수 총각도 왔네? 우리 승호 챙긴다고 항상 고생 많아."

"헤헤, 제 일인 걸요."

"오늘 저녁에 가족끼리 식사라도 할 생각인데 동수 총각도 와요."

"알겠습니다. 어머님!"

가족과의 저녁 식사야 언제든지 환영이지만 오늘은 할 일이 있었다.

"엄마, 저녁엔 제가 시간이 없어요. 점심이나 같이해요."

"그래? 하지만 지원이가 참석 못하잖니? 약속을 바꾸면 안 되는 거니?"

"죄송해요. 오늘이 아니면 안 되는 약속이거든요."

"그럼 어쩔 수 없지……."

"아니면 내일 저녁은 어떠세요?"

"연채가 내일부터는 바쁘다고 하더구나."

"그 사람 참……. 일이 먼저지 그깟 밥이 무슨 대수라고."

옆에서 가만히 듣고 계시던 아버지의 말에 어머니는 더 이상 말이 없으시다.

누구보다도 가족이 함께하는 걸 좋아하시는 아버지지만 자식들이 바쁘다니 두말없이 당신의 마음을 버리신다.

"요즘 한가하니까 며칠 내로 지원이랑 같이 찾아뵐게요."

"우리 신경 쓰지 말고 일에 나 신경 써라."

죄송스런 마음이 들었지만 오늘 하지 못하면 또 한동안 기다려야 하는 일이었기에 어쩔 수가 없었다.

◆　　◆　　◆

몰래 꿍쳐 둔 특수 분장용 가면으로 얼굴을 바꾸고, 거기에 기변면술까지 행한 후, CCTV의 사각지대인 담을 넘는다.

고급 빌라촌이라 곳곳에 CCTV뿐 아니라 집집마다 보안 장치가 되어 있었다.

덕분에 경비업체 책임자에게 점핑해 카메라 각도와 움직이는 시간까지 철저히 조사해야 했다.

담장 옆 나무 그늘에서 5분 정도 기다리며 혹시 모를 변수에 대비하곤 목적지로 움직였다.

복층 빌라라 2층이라고는 하지만 일반 아파트의 4층 높이.

하지만 문제는 높이가 아니라 암천회 회원을 지키는 선도회 놈들이었다.

기감을 확대하자 빌라 내 거실, 2층으로 올라가는 비상계단, 엘리베이터 앞, 심지어 빌라로 들어가는 입구까지 경호원으로 보이는 이들의 기가 잡힌다.

그들 중 선도회 놈들은 단 2명.

분명 집안 거실에 앉아 있는 이들일 것이다.

기변면술을 풀고 최소한의 기만을 사용한 채 암벽등반을 하듯이 벽을 타고 오른다.

'악당 짓도 못해 먹겠군.'

기를 돌려 몇 번만 박차면 올라갈 거리를 낑낑대며 올라가려니 짜증이 난다.

성질 같아선 그냥 들어가 멋대로 휘젓고 싶지만 앞으로를 위해선 좋은 방법이 아니었다.

'살영대주 같은 자들이 많을 리가 없지.'

다행히 걸리지 않고 4층 높이의 드레스 룸에 나 있는 창문까지 왔다.

오전에 이 빌라에 살고 있는 여자에게 점핑을 해 창문 문고리를 열어뒀다.

손으로 살짝 밀자 소리 없이 열린다.

'역시 고급 빌라라 창문도 고급이군.'

설령 경호원들이 엄청 깐깐해 닫았다고 해도 열 방법은 있었지만 절대 사양하고 싶었는데 다행이다.

엉덩이 부위가 근질거리는 체험은 한 번으로 족했다.

내가 침입한 곳은 여자의 드레스 룸.

지금 문 너머로 두 명의 남녀가 열심히(?) 사랑을 나누는 소리가 작게 들려온다.

'마지막이 될 테니 마음껏 즐기라고, 성정현.'

난 그들의 행위를 방해하지 않고 끝나기만을 기다린다.

하지만 마지막이라는 걸 본능적으로 아는 건지, 비암그라의 효과 때문인지 좀처럼 끝나지 않는다.

"⋯⋯으음!"

나지막한 신음 소리와 함께 드디어 끝이 났다.

잠깐 틈을 주고 성정현이 침대에서 일어나는 순간 지원에게 있던 내 반쪽을 성정현의 내연녀에게 점핑시켰다.

일체감과 함께 나른하면서도 묘한 느낌이 나는 것이 소름이 돋을 정도로 기분이 나쁘다.

눈을 뜨니 벌거벗은 성정현이 옷을 입는 모습이 보인다.

원래는 그를 뒤에서 껴안고 연기를 할 생각이었지만 연기를 위한 상상과 현실의 괴리감은 컸다.

역겹다는 생각에 그의 어깨에 손을 올리며 말했다.

"너무 좋았어요."

"헐헐! 오늘따라 뜨겁더군."

은근히 성정현의 손이 내 몸을 쓰다듬어 온다.

"잠깐 기다려요. 약 가져올게요."

그의 손을 피해 침대에서 일어나 그가 평소에 먹던 보약을 가지러 간다.

찰싹!

이런 썅! 누구 엉덩이를……

당장 때려 죽여 버릴까 싶다가 이를 앙다물고 참아본다.

기껏 계획대로 진행되고 있는데 망칠 순 없었다.

복수는 잠시 뒤로 미룬다.

냉장고에서 보약과 준비해 뒀던 가루를 꺼낸 후, 컵에 따라 섞는다.

그리고 간단히 전자레인지에 덥혀 성정현에게 건넨다.

"크~ 쓰군. 이리 와봐."

"쓰면 사탕이나 처먹어."

"……뭐?"

다가오는 성정현 손을 치며 말했다.

중국산 비암그라가 든 보약을 먹였으니 1단계는 끝.

"방금 뭐라고 했지?"

내연녀의 몸에 있는 난 그의 말에 신경 쓰지 않고 침대에 누워 신음 소리를 내기 시작했다.

"아앙~ 아~ 아~ 아……."

"너, 너…… 미쳤어?"

"아니, 그녀가 미친 게 아냐. 다만 다른 이의 정신이 들어가 있는 것뿐이지."

"누, 누구냐?"

"방금 전까지 멀쩡하게 즐기던 양반이 왜 말을 더듬어?"

"이, 이놈! 내가 누군지 알고…… 큭!"

목소리가 커지는 성정현의 목을 움켜잡았다.

"네놈이 누군지 아주~ 잘 알고 왔으니 걱정 마. 그리고 아래 경호원에 알릴 생각으로 목소리를 크게 하나본데 이곳 방음 시설이 잘되어 있다는 건 너도 잘 알잖아."

"커, 크으……."

손을 살짝 꺾자 성정현의 목을 곧 부러질 듯이 휜다.

"뭐, 아래 놈들이 좀 민감한 놈들이라 백 퍼센트 걱정이 안 된다면 거짓말이겠지. 그러니 조금만 큰소리를 내면 바로 목이 부러진다는 생각을 하고 말하라고. 오케이?"

말은 못하니 눈을 엄청난 속도로 깜박이며 의사를 표현한다.

"좋아, 믿어보지."

"허어억! 콜록! 콜록!"

"쓰으~!"

"푸…… 흡흡."

노인네가 내 눈치를 보며 기침을 참는 모습이 좋아 보이진 않는다.

죽어가던 지안을 떠올리며 마음을 다시 잡는다.

"워, 원하는 게 뭔가? 돈? 원하는 대로 줄 테니 말로 하세."

"하? 눈치가 없는 건가? 뭐 내가 돈을 싫어하진 않으니……. 그래, 어떤 돈을 줄 생각이지?"

"10억? 20억? 당장에라도 현금으로 준비해 주지."

"참 그놈 말귀가 어둡군. 스위스 은행에 있는 돈? 아님 차명 계좌에 있는 돈? 차명 계좌는 많기도 하더군. 김대기, 정종칠, 이만소 그것 말고도 많았는데 다 기억을 못할 정도야. 그것 말고도 숨긴 돈이 있으면 말해봐."

"너, 넌? 서, 설마?"

계속 신음 소리를 내고 있는 내연녀와 날 번갈아 보는 성정현.

"정신 이동자?"

"이제야 알아보는군. 그 머리로 어떻게 대기업 회장을 했는지 몰라. 하긴 정치권에 로비만 잘하면 되는 건가?"

잠시 놀란 표정을 짓던 성정현은 정색을 하며 묻는다.

"날 죽일 셈인가?"

"어리석은 질문이야. 너희들은 날 죽이려고 혈안이 되어 쫓고 있잖아. 내가 무슨 부처님 가운데 토막이라도 된다고 생각하는 거야?"

"……."

"물론, 내가 묻는 말에 대답만 잘해준다면 너에게 손을 대진 않을지도 모르지."

내가 하는 말을 곧이 믿을 정도로 바보는 아닌 모양이다.

하지만 살 궁리를 하는지 눈알이 쉴 새 없이 흔들린다.

"믿고 안 믿고는 알아서 생각하고 질문을 하지. 암천회의 회원 중 아는 사람이 있나?"

"……."

"오? 아무 말도 안 하시겠다?"

입을 굳게 다문 성정현을 두고 한쪽 구석에 세워 둔 골프백에서 골프채를 골라 잡았다.

"요즘 내가 야구를 하고 있어. 공을 때릴 때마다 가슴이 뻥 뚫리는 느낌이 너무 좋더라고. 알게 모르게 스트레스가 많이 쌓여 있었나 봐. 그런데 평소 내 생활 패턴으로 보면 스트레스가 쌓일 만한 일이 없어."

골프채를 야구방망이 잡듯이 잡고 몇 번 휘두르며 말을 이었다.

"한데, 쌓였다는 건 원인 제공자가 있다는 얘기잖아? 잘 생각해 보니 그게 암천회 네놈들 때문이더라고. 죽음에 쫓기는 입장이니 어쩌면 당연한 얘기일 거야. 하지만 무엇보다도 친구를 잃었다는 아픔이…… 으득!"

난 성정현의 머리를 향해 골프채를 휘둘렀다.

괜스레 겁주려고 한 말에 내가 열이 받아 버렸다.

'계획 따위 개에게나 줘 버리라지.'

"마, 말할게! 꿀꺽!"

1초, 아니, 0.5초만 늦었어도 성정현의 머리는 터져 나갔을 것이다.

골프채는 그의 얼굴 앞에 멈췄다.

"아깝네. 더 이상 시간 끌지 말고 말해."

"저, 정확하게는 몰라. 암천회 회원이라도 서로의 얼굴을 본 적이 없으니까. 하, 하지만 의심이 되는 이들이 있어."

"괜찮아 의심이 되는 인물들이라도 말해."

"이, 일단 삼행그룹이 의심스러워. 그, 그리고 두전그룹도 또, 또한 정치권에선……."

내가 아는 이들도 있었고 모르는 이들도 있었다.

고생스럽게 수많은 점핑을 하는 것보다 이런 식으로 협박을 해 알아내는 게 훨씬 편하다는 생각이 든다.

난 성정현이 말하는 이들의 이름을 각인하듯이 기억을 한다.

그나저나 약효가 도는지 성정현의 말은 갈수록 더듬거리고 있었다.

"말해줘서 고마운데 몇 가지만 더 묻지. 너에게 점핑, 정신 이동을 했을 때 일부 기억을 제외하곤 읽을 수가 없더군. 그건 어떻게 한 거지?"

"모, 몰라. 저, 정말……이야. 다만 어, 얼마 전에 정신 이동을 부, 불가능하게 만든다고 머리 위에 문신 같은 것을 새기긴 했어."

세뇌야 몰래 했을 수도 있다. 하지만 점핑을 못하게 하는 문신이라니.

성정현이 떨리는 손으로 만지는 백회 부근을 살펴본다.

백회혈 주위로 부적에 쓰인 것 같은 기하학적인 문양이 그려져 있다.

'이 문양이 홀을 막는 건가?'

일단은 기억이 먼저다.

두 손으로 잡고 있는 성정현의 머리가 조금씩 떨리는 것은 공포 때문만은 아니었다.

"마지막으로 하나만 묻지. 긴장하지 마. 대답할 수 있는 간단한 질문이니까."

"마, 마, 말해."

"아버지를 부정했을 때 어떤 기분이 들었는지 궁금해."

"무, 무슨 마, 말이지……."

공포에 질린 얼굴은 하고 있었지만 의연함을 잃지 않고 있던 성정현의 얼굴에 당혹감이 번진다.

"다 알면서 되묻지 마. 돈 몇 푼, 아니, 꽤 많은 돈이긴 했지. 어쨌든 돈 때문에 앓아누운 아버지를 미친놈으로 만들었잖아? 자식이 아버지를 그런 식으로 만들 만큼 돈이 중요했던 건가?"

"아, 아냐! 아, 아버지는 그때…… 그때……."

발끈한 성정현은 지금까지 꿇고 있던 자세에서 벌떡 일어나며 소리를 친다.

그의 바지를 뚫고 나오려는 듯 성(?)나 있는 아랫도리.

부들거리는 그의 손은 심장을 부여잡고 있다.

난 내연녀의 신음 소리를 더욱 크게 하며 다시 비아냥거렸다.

"치매였다고 말하고 싶은 건가? 하하하! 치매가 아니었다는 건 너도 알고 있었어. 병걸려 죽어가는 아버지보다 돈이 더 중요했던 거야. 아버지의 명예 따윈 동전 한 닢 가치도 없다고 넌 생각했어!"

"그, 그렇지 않…… 어헉! 커윽~"

분노에 일그러져 아니라고 변명을 하던 성정현은 결국 심장을 잡고 쓰러진다.

"에헤…… 에흐…… 힉……."

금방에라도 숨이 멎을 것만 같은 그를 안쓰럽다는 듯이 바라보며 말한다.

"적이 응급차를 불러줄 거라고 생각은 안 하겠지? 대신 가기 전까지 재미난 얘기를 해줄게."

"히익…… 히익……."

"당신 개인 변호사에게 점핑을 해보니 유서를 남겼더군. 둘째 아들이 꽤 똑똑한가 봐? 그에게 회장직을 주려고 했으니 말이야. 한데 그럼 첫째와 셋째는 어떻게 생각하겠어? 그래서 내가 유언장을 없애 버렸어. 잘했지?"

"……히익!"

"화를 내는 건가? 아직 멀었어. 멍청한 자식 놈들이 상속으로 싸우고 있을 때 회사에 많은 일이 생길 거야. 세무 조사도 받게 될 테고 재무이사가 회사 공금을 들고 튈 거야. 물론, 우리나라의 손꼽히는 대기업이니 그 정도로 큰 타격을 받지는 않겠지. 하지만, 자식들이 갈가리 찢어 놓은 회사를 누군가가 하나씩, 하나씩 먹어 치울 거야."

"……!"

"불가능하다고 생각하지 마. 이미 모든 준비는 완료되었으니까. 그리고 가는 길에 한 가지 비밀을 알려줄게. 난 누군가의 기억을 조작할 수 있어. 이 말이 무슨 뜻인지 잘 알 거야. 너의 자식들이 평생 싸우게 만들 수도 있다는 얘기야. 그리고 넌 그냥 내연녀와 섹스를 하다 복상사(腹上死)당한 걸로 처리될……."

말하는 중 성정현이 숨을 거둔다.

그가 내 말을 어디까지 들었는지 모른다.

하지만 제발 지옥과 같은 고통 속에서 죽었길 바란다.

난 악당이지 정의의 사도가 아니다.

그러므로 손쉬운 죽음 따위를 줄 생각은 없었다.

잠깐 쓰러진 성정현을 바라보다 그의 옷을 벗긴 후 내연녀의 옆에 눕혔다.

그리고 들어왔던 곳으로 다시 나왔다.

"꺄아아아~~!"

담을 넘을 때 내연녀의 비명이 은은하게 들려온다.

◆　　◆　　◆

SJ그룹 성정현 회장의 죽음은 전 매체를 통해 아침부터 난리다.

그의 갑작스런 죽음에 인터넷에는 여러 가지 뜬소문들이 돌고 있었지만 공식적으로는 과음 후 자택에서 심장마비로 사망한 것으로 되었다.

따악! 따악!

어제 너무 얌전히(?) 일을 마쳐서인지 힘이 남아돌아 배팅 연습으로 풀고 있다.

"SJ 성정현 회장이 죽었다며?"

"아침부터 난리더라. 그런데 희준이 형 거기 광고 재계약할 때 되지 않았나?"

"희준이 형뿐만 아니라 동권이 형, 상기 형, 저까지 다 SJ 광고하잖아요."

"너도 하냐?"

"그냥 작은 거 하나 하고 있어요."

"그런데 넌 장례식장 안 가냐?"

"내일이나 가보려고요. 지금 가봐야 티도 안 나잖아요."

"하긴, 그렇긴 하다."

오늘이 야구 연습하는 날이지만 단장이자 감독인 현철이 형뿐만 아니라 많은 인원이 성정현의 장례식장에 갔다.

나머지 인원들도 잠깐 훈련을 하고 잡담 중이었다.

"한데, 회장 죽었다고 해도 광고는 해야 하잖아요? 그게 재계약하는데 문제가 될까요?"

"당연히 문제가 되지. 원래 회장이 선호하는 광고 모델이 다 다르거든. 희준이 형 같은 경우 거기 광고만 3개 정도 하는데 발등에 불 떨어졌지."

"아이씨~ 이번 광고까지 떨어지면 안 되는데……."

"크크! 너도 광고 없이 살아봐라."

"왜 하필 경기도 안 좋은데 죽어서……. 분명 내연녀 집에서 떡 치다가 복상사했을 거야."

틱!

그들의 대화를 듣다가 순간 뜨끔해 공을 놓쳤다.

"승호야, 너 그러다 프로 선수 되겠다."

"작년에 겨우 다섯 게임 뛰었는데 승호 때문에 올해는 그것도 못 뛰겠다."

"이리 와, 커피나 한잔해라."

배팅 연습을 하며 스트레스도 풀었기에 난 배트를 놓고 모여 있는 곳으로 갔다.

"근데, 현철이 형도 SJ와 연관 있어요?"

그들의 말을 유추해 보면 오늘 장례식장에 간 사람들은 대부분 광고로 연관이 있는 이들이었다.

하지만 현철이 형은 딱히 SJ그룹 광고를 하는 게 없었기에 물어본 것이다.

"넌 모르겠구나. 현철이 형 외가가 그쪽과 약간 관련이 있나 봐."

"그래요?"

"꽤 먼 친척뻘이라던데 그리 친한 사이는 아닌가 보더라."

가까운 관계였다면 약간 미안한 마음이 들 뻔했는데 먼 친척이라니 신경 쓸 필요가 없겠다.

"참, 승호야. 요즘 바쁘냐?"

"딱히 바쁠 것도 없어요."

"소속사 사장이 신현국 그 사람이지?"

"예."

"하여간 그 사람은 좀 떴다 싶으면 신비주의 전략이라니까. 10년 전이나 지금이나 똑같아."

"그 인간, 일은 똑 부러지게 잘하는데 소문이 너무 지저분해."

"저도 들었어요. 근데 그 소문 사실이에요?"

"사실이지. 내가 아는 여자애들만 해도 꽤 돼."

신 사장 얘기가 나오자 다들 한마디씩 한다.

그러더니 이야기는 자연스럽게 여자 얘기로 흐른다.

방향을 잃었던 이야기는 마시던 커피가 바닥이 나고서야 돌아왔다.

"요즘은 친근한 게 대세야. 6개월만 TV에 안 비쳐도 인기가 떨어져 버린다고."

"제 생각도 그래요."

한가한 요즘 복수에만 매달리고 있지 않았다.

복수는 내 삶의 일부이지 전부는 아니었다.

내가 보기에도 요즘은 TV에 얼굴이 안 비춰지면 잊어버리는 시대였다.

많은 신인 배우나 가수들이 매년 쏟아지고 있고 그들 대부분이 팬들의 관심에 적극적으로 반응하고 같이 호흡하며 인기를 유지하려 하고 있다.

지금 많은 광고를 내가 하고 있지만 6개월 뒤에는 또 다른 스타가 내가 하던 광고를 대신할 것이다.

"그래서 하는 말은 아니지만 내가 이번에 예능 프로그램을 하나 맡았거든. 신규 프로그램이라 첫 회 방송 게스트를 물색하고 있는데……."

"어라? 나한테는 1~2회 게스트가 정해졌다고 3회에 출연해 달라더니……. 형 서운한데."

"원래 1~2회는 제작진에서 섭외하기로 했어. 그런데 펑크가 났다고 해서 나도 곤란한 상황이라고."

"헤헤, 농담이에요. 원래는 동권이 형한테 부탁하려고 했죠?"

"동권이야 공중파도 안 나가는데 종편(종합편성채널)에

나오려고 하겠냐? 말도 못 붙였다.”

“하긴.”

떨어지는 인기를 붙잡을 순 없다. 그건 시청자의 몫이니까.

인기란 내려가면 다시 올라갈 때도 있는 법.

하지만 다시 올라갈 때를 기다리는 것 자체가 힘들다.

TV든, 영화든, 라디오든 방송계에 꾸준히 얼굴을 비춰야 하는데 혼자의 힘으로 한계가 있다.

그래서 힘 있는 소속사를 찾게 되고, 학연, 지연, 혈연 등을 이용해 인맥을 넓혀간다.

야구단도 사실 인맥을 관리하는 곳이다.

정말 순수하게 취미 생활로 하는 이들은 소수에 불과할 것이다.

나 역시도 스트레스 해소, 알리바이를 만드는 곳, 인맥을 만드는 곳으로 야구단을 이용하고 있는 것이다.

“촬영 일자가 언젠데요?”

“첫 방이 4월 초니까 그전에 너 편안한 시간이면 돼. 가능하겠냐?”

“일단 소속사에 말은 해봐야겠지만 반대하지는 않을 거예요.”

“고맙다. 한시름 놨다. 내가 술 한잔 사마.”

“뭘요. 오히려 제가 고맙죠. 안 그래도 요즘 너무 심심했거든요.”

이왕 도와주려면 생색내지 않고 화끈하게 도와주는 게

낫다.

언젠가 나도 도움을 받게 될 테니 말이다.

"승호야!"

한참 잡담을 하는데 동수 형이 부른다.

"사장님이 회사로 최대한 빨리 들어오라는데."

"왜?"

"몰라, 안 물어봤는데⋯⋯."

자랑이다.

요즘 여자 친구 생겼다고 좋아하더니 정신이 안드로메다
로 갔나 보다.

회사에 도착해 엘리베이터 문이 열리길 기다린다.

"어? 안녕하세요."

"네⋯⋯ 안녕하세요."

문이 열리며 보이는 익숙한 얼굴에 나도 모르게 인사를
했지만 정작 인사를 받는 사람은 의아해 하는 표정으로 인
사를 하곤 제 갈 길을 간다.

"이번에 새로 오신 정훈 회계팀장님이시잖아? 승호 너 아
시는 분이냐?"

"아니, 그냥 순간적으로 인사를 했어."

"난 또, 아시는 분이라고."

물론, 정훈은 날 모르지만 나는 잘 안다.

가평 경찰서를 내려갈 때 잠깐 몸을 빌렸던 사람이었는데
소속사 사장에게 점핑을 해 그 사람을 취업시키라고 암시를

새겨뒀었다.

다행히 암시가 통했는지 취업이 된 모양이다.

"승호야, 어서 와라."

"부르셨다고요?"

"응, 앉아라."

신 사장의 얼굴만 봐서는 좋은 얘긴지 나쁜 얘긴지 알 수가 없다.

"얘기가 좀 길어질 것 같은데…… 차 마실래?"

"커피는 마셨으니까 녹차로 할게요."

무슨 얘기를 하려고 이렇게 뜸을 들이는지 몰라도 신 사장의 행동이 평소와 좀 다르다.

뭐랄까? 좀 저자세라고나 할까?

"별일 없냐?"

"집에서 노는 게 지겹다는 것 빼고는 없어요. 참, 김원석 형이 방송에 한 번 출연해 달라는데 괜찮을까요?"

"언제?"

"이번 주나 다음 주중에 아무 때나 괜찮대요."

"인맥 관리 차원에서 괜찮은 생각이지. 그럼, 다음 주 수요일로 잡아두마."

한마디쯤 할 줄 알았더니 아주 쿨하게 넘어가는 신 사장.

그리곤 또 쓸데없는 일상사를 물어본다.

"하실 말씀 있으면 하세요. 사장님답지 않게 왜 그러세요?"

결국 성질 급한 내가 먼저 물었다.

"으, 응. 다름이 아니라 광고가 들어왔어. 그쪽에서 급하게 찍어야 한다고 해서."

"어딘데요?"

"SJ그룹. 그룹 이미지 광고를 할 모양이야. 회장이 죽은 건 알지?"

"나라가 온통 그 소식인데 모를 리가 있나요."

"그래서 그룹 차원에서 홍보를 하려는데 얼마 전에 천국의 신화를 찍은 네 이미지와 맞는다고 연락이 왔어."

아이러니함에 웃음이 나온다.

성정현을 죽인 사람에게 이미지 광고라니.

물론, 거부할 생각은 눈곱만큼도 없다.

그나저나 신 사장 정말 이상하다.

광고가 들어와도 '무슨 광고가 들어왔다, 언제 촬영이다.' 라고 동수 형에게 말해줬던 것이 다였다.

또다시 광고 얘기로 시간은 흘렀고 참을성의 한계에 다다라 점핑을 고민할 때 본론을 꺼낸다.

"승호야, 넌 우리 회사에 대해 어떻게 생각하냐?"

"꽤 좋은 회사죠. 다만……."

"다만?"

"제게 무슨 일이 있던지 시시콜콜 사장님에게 보고하는 매니저를 제외하면 말이죠."

"하하하! 그거야 네 이미지를 위해 그러는 거지. 그것 말고는 괜찮다?"

"예."

"그렇게 생각해 주니 고맙다."

그가 무슨 말을 하려는지 이제야 대충 감을 잡았다.

지금까지 까맣게 잊고 있었는데 계약 기간을 생각해 보니 완료까지 8개월가량 남아 있었다.

재계약을 논하기엔 아직 이른 시간.

눈치를 보아하니 어떤 기획사가 날 노리고 있는 모양이다.

"아직까지 거대 기획사라고 불리지는 못해도 향후 5년 안에는 분명 그렇게 불리게 될 거라 난 자신한다."

"사장님의 능력이면 충분히 가능하리라 봅니다."

모른 척 그의 말에 동조한다.

"내 능력보다는 모두의 힘이 필요하지. 지금처럼 우리 소속사 식구들이 똘똘 뭉친다면 3년 안에도 충분하리라 본다."

"예."

"특! 히! 네 힘이 필요하다, 승호야."

"제가 무슨 힘이 있나요? 다른 선배님들이랑 선생님들, 그리고 후배들이 있잖아요."

"아니다. 거대 기획사에 비해 우리가 부족한 건 톱스타 아니냐? 톱스타라는 구심점이 있어야 다른 사람들도 힘을 내지. 그래서 우리는 그 구심점을 너라고 생각한다."

참 낯간지러워 못 듣겠다.

계속해서 '우리'라는 단어를 강조하는 것도 우습기 만하다.

"그래서 널 위해 최대한 신경 써서 계약서를 준비했다."

마침내 신 사장은 두툼한 계약서를 책상에서 가져와 내 앞에 들이민다.

"계약 완료까지 아직 멀었잖아요?"

"허~ 내가 계획하고 있는 게 있다니까. 그리고 만사불여 튼튼이라고 그 계획을 밀고 가기 위해서 미리미리 준비하는 거야. 물론, 당장 하면 좋겠지만 며칠 동안 고민해도 매력적인 제안일 테니 한 번 봐."

이상한 말을 쏟아내며 계약을 촉구하는 걸 보니 어지간히 큰 기획사에서 날 노리나 보다.

일단 그가 내민 계약서를 훑어봤다.

계약금은 예전에 비해 2배는 올랐고, 계약 조건도 7:3에서 9:1로 바뀌어 있었다.

내용도 꽤나 나에게 유리한 쪽이라 당장에라도 계약서에 사인을 하고 싶은 마음이 든다.

과연 이래서 수지타산이 맞을까 싶을 정도로 과한 계약이다.

물론 주식회사니 내가 나감으로서 주식 값이 떨어지지만 않아도 그만큼의 손실을 메울 수 있을 테고, 투자를 더 받을 수도 있을 것이다.

"괜찮네요."

"괜찮은 정도가 아니지. 최대한 신경 쓴 거라니까."

"감사합니다……만 생각 좀 해볼게요."

"……."

"전혀 생각지도 못하고 와서 당장 계약하기는 좀 그러네요. 그리고 아직 지난 계약상의 앨범도 한 장 남아 있잖아요. 그거 끝내고 천천히 생각해 볼게요."

"애, 앨범이야 재계약 기간에 내도 그만이고⋯⋯."

"어쨌든 더 하실 말씀 없으시면 일어날게요. 계약서는 집에 가서 다시 잘 살펴보겠습니다."

뭔가 더 말하려는 신 사장에게 인사를 하고 일어나 밖으로 나왔다.

그의 당황한 얼굴을 더 보고 싶었지만 자칫 웃음이 나올까 후다닥 나온 것이다.

물론, 이보다 나쁜 계약서라고 해도 재계약은 할 것이다.

새로운 기획사에 가서 다시 적응할 여유는 없었다.

단지 갑과 을 관계가 연장되기 전, 갑의 입장을 조금이라도 누려보기 위해서였다.

"하하하!"

신 사장의 마지막 표정이 생각나자 웃음이 나왔다.

5.
두 여자

촬영이 끝나고 한가해지면 매일이라도 찾아가 심파술을 배우려 했던 계획은 시작부터 삐꺽거리다가 지금은 완전히 틀어진 상태다.

"도대체 한 달 동안 뭘 한 거죠?"

날카로운 고음이 귀를 찔렀지만 난 아무 말도 못하고 고개 숙인 을(乙)이 되어야 했다.

"어떻게 시간이 가면 갈수록 자세가 망가질 수 있죠?"

"그게 그러니까……."

"핑계 대지 말아요! 이대로라면 배우면 배울수록 윤승호 씨에게 독이 될 거예요."

하민의 말이 옳았다.

그녀에게 배운 심파술의 기술들이 늘어나면 날수록 선도

술의 자세마저 무너지고 있었다.

언제 일어날지 모르는 암천회와의 싸움을 생각해 급하게 심파술을 습득하려 했고, 그 결과는 처참했다.

"그럼, 어떻게……."

"앞으로 윤승호 씨는 심파술 절대 사용해선 안 돼요."

이 쌀쌀맞은 아가씨가 지금 계약을 깨자고 하는 말인가?

물론, 선양법과 선음법, 선도술과 심파술을 맞교환했기에 누가 이익이고 손해인지를 따질 수는 없었다.

하지만, 이미 응용법이 있다는 걸 알았는데 못 배운다면 왠지 억울했다.

"아무리 그래도 그렇지 그건 너무하지 않나요?"

"뭐가 너무하다는 거예요?"

"아니, 그러니까……."

말로 해서 안 되면 최하민에게 점핑이라도 해서 알아낼 작정이다.

"다 윤승호 씨를 위한 거예요. 그리고 심파술을 가르치지 않겠다는 게 아니라 배우는 사람에게 직접 가르치겠다는 거구요."

"직접?"

"동생한테 들었어요. 의동생에게 선음법과 심파술을 가르치고 있었더군요."

"그걸 어떻게 알았죠?"

"선음법을 배운 사람은 특유의 기운을 가지게 되죠. 의동생과 같은 학교에 다니는 종민이도 선양법으로 바꾸기 전에 선음법을 배웠어요. 어쨌든 앞으로 동생을 직접 보내요. 아주 정확하게 가르쳐 드리죠."

"……."

직접 가르치겠다는데 더 이상 뭔 말을 하겠는가.

하지만 알까? 지원이도 나라는 사실을.

"참, 종민이를 보낼 테니 선양법의 비법 부탁해요."

"……그러죠."

하여간 계산 하나는 철저한 아가씨다.

지원이를 개인 교습시킬 테니 종민이를 개인 교습시켜 달라는 말 아닌가?

오냐! 그동안 내가 받은 수모(?)를 몽땅 갚아주마.

"그럼, 오늘은 이만하죠. 수고하셨어요."

"수고하셨어요."

내 속마음을 알 리가 없는 하민은 언제나처럼 무표정한 얼굴로 인사를 한 후, 돌아선다.

도대체 이놈의 집안은 어떻게 된 게 손님에 대한 예의라고는 눈곱만큼도 없다.

오늘까지 5번째 방문이건만 차 한잔 대접 받은 적이 없었다.

도착하자마자 바로 수련에 들어갔고 끝나기 무섭게 쫓겨나듯이 밖으로 나와야 했다.

"크크큭! 드디어 기생오라비 같은 얼굴을 보지 않게 되어 속이 다 시원하군."

수련을 할 때마다 항상 눈을 부라리고 날 죽일 듯이 바라보던 하민의 아버지.

오늘은 뭐가 그리 좋은지 기분 나쁘게 웃으며 말한다.

"저 역시 산……."

산적같이 생긴 얼굴 보지 않아 속 시원하다고 말하려다 차마 뱉지 못하고 삼킨다.

아버지가 딸을 위하는 마음에 하는 행동이라는 걸 알고 있기에.

하지만 얼굴만 예쁘다 뿐이지 성격이 지랄 같은 하민에게 전혀 관심이 없다는 걸 모르는 모양이다.

"뭐라고 중얼거리는 거냐? 볼일 끝났으면 가라."

"예. 안녕히 계세요."

"너만 안 보면 안녕하니 걱정마라."

이 인간이 끝까지…….

'으득! 이 원한은 당신 아들에게 갚아주지.'

참을 인(忍)을 몇 번이고 되뇌며 하민의 집을 빠져나왔다.

◆　◆　◆

─안녕하세요, 윤승호 씨죠?

낯선 여자의 목소리.

─저는 메이어 기획사의 서나영이라고 해요. 올해 HK엔터테인먼트와 계약이 끝나는 걸로 알고 있어요. 그 때문에 한 번 만났으면 해서 전화했어요.

메이어 기획사라면 특A급 배우들만 10명 이상 데리고 있는 우리나라에서 다섯 손가락 안에 드는 거대 기획사였다.

"무슨 말인지 잘 알겠습니다. 하지만 소속사를 옮길 생각이 없습니다."

하지만 이미 재계약을 할 생각이었기에 정중히 거절했다.

―저희가 제안하는 조건도 안 들어보실 건가요?

"딱히……."

―승호 씨가 만나면 반가워 할 사람도 있어요. 그러니 한 번 봐요.

"제가 반가워 할 사람이라고요? 누구죠?"

―글쎄요? 전화로 말하기 보단 직접 보는 게 어때요?

머릿속으로 아무리 생각해 봐도 내가 반가워 할 만한 사람이 누군지 모르겠다.

"그러죠."

궁금함에 만나보기로 했다.

만나기 위해 그냥 하는 말이라고 해도 잠시 외출했다고 생각하면 그뿐이었다.

―잘 생각하셨어요. 내일 저녁 8시, 고구려호텔 스카이라운지 특실 괜찮으신가요?

"그럼, 내일 뵙죠."

전화를 끊고서도 윤승호의 기억을 다시 더듬어 보지만 딱히 떠오르는 사람이 없었다.

"그냥저냥 만난 사람이겠지."

만나보면 알 일.

망가진 자세를 원래대로 되돌리기 위해 하루 종일 하고 있던 선도술을 계속한다.

  고즈넉한 산 아래 위치한 고구려호텔의 입구엔 때 아닌 짧은 머리에 양복 입은 사람들로 즐비했다.

  "깡패들이 여긴 웬일이야?"

  일반인들에 위화감을 조성하는 놈들의 행동에 인상이 살짝 찌푸려졌지만 개의치 않고 특실로 향했다.

  한데, 두목 급이 왔는지 내가 들어가려는 특실 옆방에 두 명의 깡패가 눈을 부라리고 서 있었다.

  약간의 호기심에 점핑을 해볼까 했지만 귀차니즘에 포기를 하고 안으로 들어갔다.

  "안녕하세요, 서나영이에요."

  "반갑습니다."

  20대 후반에서 30대 초반으로 보이는 서나영은 스카우터라기엔 꽤나 매력적인 여성이었다.

  미인이라기엔 다소 무리가 있지만 자신감 있는 표정과 단정한 옷차림으로도 감출 수 없는 묘한 색기(色氣)가 온몸에 흐르고 있었다.

  '휴우~ 남자들 어지간히 울렸겠군.'

  "다른 분은?"

  악수를 하는데 주책없이 한쪽으로 쏠리는 피 때문에 말을 돌렸다.

  "일 때문에 좀 있다 올 거예요. 왜 저랑 있는 게 부담스

러우신가요?"

"전혀요. 단지 어제부터 궁금했던지라……."

"그럼, 그가 올 동안 저녁이라도 먹으면서 기다리죠."

"네."

'그'라는 말에 의문의 인물이 남자라는 걸 알 수 있었는데 왠지 마음이 놓인다.

혹시나 윤승호와 잠자리를 한 여자들 중 한 명이 아이를 안고 오지는 않을까라는 걱정도 했었다.

"그래도 여기까지 왔으니 저희가 제시하는 조건 정도는 봐야겠죠?"

"……그러죠."

밥을 먹으며 계약서 건네는 서나영은 테이블 사이의 거리 때문에 자연스럽게 일어나 허리를 구부린다.

풀려진 와이셔츠 사이로 뽀얀 살결이 보였고, 화장품 냄새라기엔 좀 더 자극적인 육향(肉香)이 코끝을 간질인다.

'유혹하는 건가? 이런……!'

살짝 보이는 그녀의 가슴을 멍하니 바라보고 있었다는 걸 깨닫고 황급히 시선을 계약서로 옮겼다.

"괜찮네요."

"어머! 저희 조건이 괜찮다는 정도인가요? HK의 신 사장님이 어떤 조건을 거셨는지 궁금해지네요."

계약금이 좀 더 많다는 것과 기획사와 연예인의 수익 비율이 0:10이라는 점을 제외하면 신 사장이 제시한 조건과 큰 차이는 없었다.

"한 가지 물어봐도 될까요?"

"얼마든지요."

"수익 비율이 10:0이면 기획사는 어떻게 수익을 올리는 거죠?"

신 사장이 9:1로 제안할 때는 그런가 보다 했다.

하지만 10:0이라는 비율을 제시하는 메이어 기획사를 보니 문득 그들이 어떻게 그렇게 할 수 있는지 궁금해졌다.

"우웅~ 영업 비밀을 가르쳐 달라는 건가요? 계약서에 사인을 한다면 말해드리죠."

"……."

"호호호! 농담이에요. 지금까지 승호 씨와 같은 질문을 한 사람이 없었거든요. 계약서를 보면 한 가지라도 더 유리한 쪽으로 계약을 하려 하죠. 심지어 11:—1로 계약한 경우도 있어요."

곤란한 표정에서 금방 장난기 가득한 얼굴로 변하는 서나영.

다른 때 같으면 '누구 놀리냐?' 라고 속으로 한마디 해줬을 텐데 이상하게 그 모습에 심장이 쿵쾅거리며 묘한 느낌을 받는다.

"그런 수익 비율을 줄 수 있는 건 간단해요. 바로 윤승호라는 이름의 가치를 이용하는 거죠."

갈수록 거칠게 뛰는 심장박동과는 상관없이 그녀의 설명은 계속된다.

"끼워팔기는 아시죠? 당신이 드라마의 주인공으로 캐스

팅되면 일정 비율로 소속사 배우들을 같이 출연시키는 거죠. 또한, 투자자 모집, 신인 배우 발굴도 쉬워요. 기획사는 그런 것들로 이익을 얻죠."

"그뿐인가요?"

"호호호! 더 설명이 필요한가요? 윤승호 씨도 이미 알고 있잖아요."

그래, 나도 알고 있다.

내 이익을 위해 모른 척하고 있었을 뿐이다.

드라마 천국의 신화가 성공하며 많을 돈을 벌었지만 정작 그 드라마를 찍은 스텝들은 한 달에 100만원이 조금 넘는 돈을 받았을 뿐이다.

내가 최고의 대우를 받고 계약을 하면 소수의 사람들은 이익을 얻겠지만 분명 다수의 그 누군가가 피해를 입게 되는 건 어쩌면 당연한 일이었다.

얼마 전 정세진 사건을 처리하며 봤던 성접대 동영상 속 연기 지망생들의 모습이 주루룩 지나간다.

'비약일 뿐이야!'

난 착한 놈은 아니다.

그리고 내 행복을 위해 언제든 남의 행복 따위 짓밟을 수 있다고 생각해 왔다.

하지만, 언제부터 이토록 남을 생각하게 된 것일까?

많은 사람들의 기억을 읽어서일까?

'쳇! 어쭙잖은 착한 남자 콤플렉스라니……'

난 세상을 바꿀 생각은 전혀 없다.

그냥 나와 내 가족이 행복하면 그게 최고다.

원래 계약할 생각도 없었지만 이대로 계약을 하면 약간 찝찝한 기분이 들 것 같아 포기를 하는 것뿐이다.

"쯧, 이럴 줄 알았으면 7:3 정도로 할 걸 그랬군요. 아쉽네요. 계약을 축하하려 이곳에 방도 잡아뒀는데……."

'헐~ 정말 아쉽군.'

왠지 당장에라도 계약을 하고 축하를 받고 싶어지는 기분이다.

"저도……."

"늦어서 미안합니다. 윤승호, 오랜만이다."

막 나도 아쉽다는 말을 하려는데 문이 열리며 한 사람이 들어온다.

낯은 익지만 모르는 얼굴.

하지만 그 사람의 얼굴을 본 순간, 들고 있던 커피 잔이 흔들리더니 커피를 쏟아낸다.

'뭐, 뭐야?'

머리에서 떨림을 멈추라 아무리 명령해도 내 의식과 상관없이 부들거리는 몸.

"새끼, 스타 됐다고 안면 까기냐?"

아주 익숙한 '새끼'라는 말에 머리 한 켠이 팍 하고 터지며 떠오르는 기억들.

"새끼야, 니가 무슨 스타라도 되는 줄 알아? 이런 새끼는 맞아야 정신을 차린다니까."

전 소속사 사장의 사촌 동생이자 윤승호가 활동하던 아이 돌 그룹의 매니저였던 조가헌이 날 향해 소리친다.

그러더니 바로 주먹을 날린다.

주먹이 얼굴로 날아올 때마다 기억 속 화면은 좌우로 흔들리는데 흡사 지금 내가 맞는 기분이다.

조가헌의 옷차림과 장소가 바뀔 뿐 떠오른 기억은 모조리 두들겨 맞는 장면뿐이다.

날 올라탄 놈이 침을 뱉으며 때리는 장면에서 세상이 캄캄해지며 기억은 끝이 났다.

'으득!'

마치 내가 당한 기억인 양 가슴속에서 분노가 치솟는다.

방금 전까지 윤승호가 조가헌에게 가지고 있던 트라우마로 인해 떨렸다면 이제는 분노를 참느라 몸이 떨린다.

"야! 야!"

내가 말이 없자 손등으로 얼굴을 툭툭 치며 말하는 놈.

"손 치워!"

"어쭈?"

잠시 어이없는 표정을 짓던 놈이 구역질 냄새나는 얼굴을 가까이 대며 속삭인다.

"많이 컸네, 윤승호"

당장에라도 내가 당한 만큼 돌려주고 싶지만 서나영이 있어 참는다.

순간, 낮게 으르렁거리면서도 옆에 앉은 서나영의 눈치를 살피는 놈의 모습에서 좋은 생각이 떠올랐다.

"서나영 씨, 이 사람 좀 내보내면 안 될까요?"

"왜요? 전에 윤승호 씨 매니저 아닌가요?"

"야! 윤승호 너 자꾸 이딴 식으로 나올래?"

이쯤 되면 바보라도 상황을 이해할 수 있을 터.

"나가 있어요."

서나영의 눈빛이 사나워지며 그에게 말한다.

"이 새끼 나중에 두고……."

"내 말 안 들려요? 당장 나가라구요!"

"……예, 이사님."

서나영의 말에 결국 조가헌은 고개를 숙인다.

하지만 나가기 전, 과거 날 죽일 듯이 때릴 때 짓던 악귀 같은 표정으로 날 바라보는 걸 잊지 않는다.

물론, 다음에 날 찾아오면 반쯤 죽도록 때려줄 생각이지만 과연 그럴 기회가 있을지조차 의문이다.

난 나가서 문에 기대 있는 그의 홀을 느끼며 내 반쪽을 점핑시킨다.

"저 사람과 좋은 인연은 아닌가 보군요?"

"예. HK로 소속사를 옮기기 전 저 사람에게 정신을 잃을 때까지 맞았거든요."

"미안해요, 당신과 친하다는 저 사람 말만 믿고……. 저 인간은 아직 우리 기획사 정식 직원이 아니에요. 그러니……."

"괘, 괜찮아요. 하지만 과거의 악몽이 생각나는군요."

난 일부러 연약한 남자처럼 연기를 하며 서나영과 얘기를 한다.

그리고 조가헌의 기억을 읽었다.

그는 한마디로 인간 말종이었다.

자신이 깡패 출신이라며 어지간히 폼을 잡고 다녔는데 이제 보니 동네 양아치 출신이었다.

그리고 나 말고도 전 소속사에서 키우던 애들을 많이도 때렸다.

오로지 자신의 힘을 과시하기 위해, 스트레스 해소를 하기 위해 말이다.

그러다 가수 지망생인 여자애까지 건드려 소속사에서 잘렸고, 이후에는 방송가를 어슬렁거리며 연예인 지망생들 상대로 사기까지 치고 다니는 극악무도한 놈이었다.

살아 있어 봐야 죄 없는 사람들에게 피해만 입히는 벌레만도 못한 놈.

혹시나 갱생할 가능성이 있을까 기억을 읽은 내가 바보 같다.

난 그의 홀로 기를 먹어 치우기 시작했다.

"오늘 정말 미안해요. 계약은 물 건너갔지만 언제 또 인연이 있을지 모르니……."

조가헌의 몸으로 기를 빨아들이기 시작하자 서나영이 잠시 문 쪽을 바라본다.

"예. 서나영 씨에겐 부끄러운 모습을 보였네요. 오늘 제 모습 비밀로 해주세요."

"아, 물론이죠."

조가헌의 몸으로 문을 지키는 두 명을 때려눕히고 깡패 두목이 있는 방을 급습했다.

"뭐, 뭐야!"

안에는 몇 명의 사람들이 술을 먹고 있었는데 당황한 표정이 역력히 보인다.

그중 가운데 자리에 앉은 두목으로 보이는 늙은이를 노리고 손을 뻗었다.

하지만 두목의 뒤에 서 있던 두 명이 내 주먹을 막아선다.

'선도술? 암천회!'

생각지도 못했던 장소에서 암천회 회원을 한 명 발견하다니…….

착한(?) 일을 하면 하늘이 복을 준다더니 정말인가 보다.

난 뻗던 손을 당기면서 그들의 사이로 보이는 늙은이를 향해 다리를 힘껏 차올렸다.

"크윽!"

다리에 묵직한 느낌이 들자마자 난 유체이탈을 했다가 조가헌의 정신세계로 들어갔다.

그리고 그의 기억 중 일부를 지워 버리고 다시 이지원에게 점핑을 했다.

"밖이 소란스러운 걸 보니 무슨 일이 일어났나 본데요?"

"나가지 마세요. 제가 들어올 때 보니 조폭으로 보이는 이들이 있었어요. 괜히 나갔다 휘말리면 다칠 수 있어요."

난 문을 열고 나가려는 서나영을 말렸다.

"아, 예……."

어색한 침묵 속에서 잠시 기다리자 사위가 조용해진다.

"이제 조용해졌네요. 오늘 여러 가지로 실례가 많았어요."

"아, 아닙니다. 불쾌한 기억 때문에 못난 모습을 보인 것 같아 좀 부끄럽군요."

"아니에요. 트라우마를 건드린 제 잘못이에요. 집까지 데려다 드릴까요?"

"괜찮습니다."

"조가헌에겐 제가 단단히 일러둘 테니 너무 걱정 마세요."

"네, 그럼."

서나영에게 약한 남자로 보인다는 게 조금 마음에 걸렸지만 앞으로 볼 사이도 아니니 상관없었다.

날 바라보고 있을 그녀를 의식해 마치 겁먹은 사람마냥 주변을 두리번거리며 종종걸음으로 엘리베이터를 향해 뛰었다.

"사내 자식이 저게 뭐야?"

서나영은 겁을 잔뜩 먹은 채 엘리베이터로 향하는 윤승호를 바라보다 낮게 중얼거렸다.

"얼굴이 완전 내 스타일이라 기대하고 왔는데……. 쳇! 그나저나 아까 문밖에서 분명 선양법의 기운이 느껴졌는데 누구였지?"

그녀는 조금 전의 상황을 생각해 본다.

문밖에서 느껴지는 선양법의 기운에 혹시 자신을 공격하기 위해 나온 암천회의 인물인가 해서 당황했었다.

하지만 그것도 잠시 그 기운이 다른 곳을 공격하기 시작했고, 그때 또 다른 선양법의 기운이 두 개나 더 느껴졌기에 확인을 하려 했지만 윤승호 때문에 그럴 수가 없었다.

"선도회를 배신한 사람인가? 쳇! 그때 확인을 했어야 했는데…… 어쨌든 빨리 할아버지에게 말씀을 드려야겠어. 선도회에 배신자가 많다면 우리 쪽으로 끌어들여야 할 테니까."

한쪽에 벗어뒀던 핸드백을 메고 밖으로 나온 서나영은 호텔 직원들이 정리하는 방의 부서진 문을 잠시 바라보다 걸음을 옮긴다.

"참, 조가헌 그 인간은 어디 갔지? 내 색염공(色厭功)이 성공하려는 순간에 들어와 계약을 망쳐 놓은 벌을 줘야 할 텐데."

두리번거리며 조가헌을 찾던 서나영은 이내 흥미가 떨어졌다는 듯 중얼거린다.

"눈치를 채고 튀었나 보네. 이 스트레스를 어디다 풀지? 쇼핑이나 할까?"

투덜거리던 서나영은 쇼핑을 한다는 생각에 기분이 좋은지 금세 색기 가득한 얼굴로 엘리베이터에 오른다.

◆　◆　◆

"휴~"

초인종을 누르려던 손을 멈추고 긴 한숨을 토해낸다.

왜 이 집 앞에만 오면 작아지는지 모르겠다.

"젠장! 2시간만 버티면 되겠지."

선음법과 심파술을 포기할 수 없었기에 큰소리로 날 다독이며 초인종을 누른다.

―누구냐?

잠시 후, 예의 무뚝뚝한 하민 아버지의 목소리.

"예…… 승호 오빠 동생인 이지원인데요."

―오! 네가 지원이구나. 어서 들어와라.

'이 인간이 저녁으로 뭘 잘못 먹었나?'

왠지 반기는 듯한 그의 목소리가 이상했지만 착각이라고 생각하고 들어갔다.

어른 키 정도의 계단을 올라가자 잘 꾸며진 정원과 이제 막 새순이 피는 잔디 마당이 보인다.

저택이라 표현하기엔 좀 작고 고급스러운 주택이 보였지만 그림의 떡.

단 한 번도 저곳에 들어가 본 적이 없었다.

건물의 왼쪽에 지하 연무장으로 내려가는 문이 내가 항상 들어가던 곳이다.

"지원 학생, 어디 가?"

"예? 지하 연무장으로……."

"그놈이 무슨 말을 했든 신경 쓰지 말고 이쪽으로 오렴."

영감탱이가 말하는 '그놈'이 바로 나를 지칭한다는 걸 알았지만 지금은 그게 중요한 것이 아니었다.

거실 문 밖으로 마중 나온 하민의 아버지는 만면에 웃음을 짓고 자신이 있는 곳으로 오라고 손짓한다.

'이 영감탱이가 사람 차별 대우하는 거냐?'

속마음이야 어떻게 됐던 지금은 여자 고등학생.

"처음 뵙겠습니다. 이지원입니다."

"그놈과 다르게 인사성도 무척이나 밝구나. 난 최철민이라고 한단다."

차별 대우가 확실하다.

내가 처음 그를 보고 인사할 땐 지금보다 더 정중히 인사를 했었다.

물론, 최하민 혼자 있을 거라는 예상이 틀려 잠시 당황은 했지만 말이다.

어쨌든 하민 아버지의 이름이 최철민이라는 건 오늘에서야 알게 되었다.

"저녁은 먹었니?"

"네……."

뭔가 대접을 받은 기억이 있어야 굶고 오지.

그래서 오기 전에 배가 터질 때까지 먹고 왔다.

"이런, 하민이가 지금 저녁 준비 중인데……. 그놈이 먹지 말고 오라는 얘기를 안 했나 보구나."

'이런 썅! 언제 그런 얘기를 했다고.'

"돌아서면 배고플 때니 더 먹으렴. 힘든 수련을 하려면 든든해야지."

"괜찮아요……."

도무지 적응이 안 될 정도로 친절한 최철민을 따라 거실로 들어섰다.

가장 눈에 띄는 건 역시나 가족사진.

어린 시절의 하민이 최철민의 품에 안겨 있고 종민으로 보이는 아기를 안고 있는 하민의 어머님이 밝은 표정으로 웃고 있다.

'역시, 하민의 어머님이 미인이었어.'

또 다른 사진도 눈에 띄었는데 바로 최철민이 멋진 군복을 입고 찍은 사진이었다.

'컥! 이 아저씨가 쓰리스타(중장)였어?'

갑자기 우리나라의 국방이 걱정되는 순간이었다.

"네가 지원이구나. 어서 와."

눈초리가 살짝 휘어지고 양쪽 입꼬리가 올라갔다고 사람이 달라 보인다는 걸 처음으로 알게 되었다.

내가 본 여자들 중에 최고의 미인이었지만 얼음이 뚝뚝 떨어질 만큼 냉정했던 하민이었기에 관심을 접은 지도 오래 전.

하지만 지금 웃으며 날 반기는 하민을 보니 심장이 터질 듯이 두근거린다.

'아름답다.'

방금 전까지 저녁을 준비하고 있었는지 앞치마를 두르고 내가 보던 때보다 수수한 옷차림이었다.

하지만 다른 수식어를 붙이는 게 미안할 정도의 압도적인 모습이다.

"아, 안녕하세요."

"응! 만나서 반가워. 저녁 식사 전이면 같이 할까?"

"예!"

이미 양껏 먹고 왔지만 배가 터져 죽는 한이 있더라도 먹고 싶어졌다.

"입맛에는 맞니? 어떤 걸 좋아할지 몰라 이것저것 준비했는데."

"정말 맛있어요!"

쑥국에 반찬은 햄에서 냉이무침까지 식탁을 가득 채울 만큼 많았다.

어릴 때 못 먹었던 기억 때문인지 집에서 주로 먹는 건 햄, 소시지, 치즈와 같은 냉동식품이나 가공식품이었다.

음식 솜씨가 좋으신 도우미 아주머니가 간혹 밑반찬으로 파래무침이나 콩나물무침을 해놓았지만 잘 먹는 편이 아니었다.

음식 솜씨야 두 사람이 비슷하지만 앞에서 내가 먹는 모습을 흐뭇하게 바라보는 하민이 있으니 절로 젓가락이 춤을 춘다.

"허허! 저녁을 먹었다더니……. 그놈이 빵 쪼가리 몇 개 준 모양이구나."

이 아저씨는 기회만 생기면 내 탓으로 돌린다.

"오……빠, 그런 사람 아니에요."

내 입으로 날 변호하려니 좀 쑥스럽긴 하다.

"에구, 착하기도 하지. 그래, 그래. 하지만 혹시라도 무슨 일 생기면 아저씨에게 말하렴. 아저씨가 최선을 다해 도와주마."

'이 인간이 정말! 도대체 날 어떻게 보고……'

내 뒷조사를 한 모양인데 의심을 풀기 위해 과거의 윤승호는 이미 사라지고 없다는 말도 할 수 없으니 참으로 답답하다.

"더 먹을래?"

배도 불렀고 더 먹었다간 최철민 때문에 체할 것 같은 기분이라 사양하려 했다.

"네."

하지만 방긋거리며 말하는 하민의 최면에 걸려 입에선 다른 말이 나온다.

이러다 정말 배 터져 죽을지도 모르겠다.

6.
행복한 날

"선음법은 어느 정도까지 배웠어?"

"1단계는 완성했어요."

"그래? 잠깐 맥문을 잡아봐도 될까?"

"네."

약간 놀란 표정의 하민은 조심스럽게 지원의 손을 잡는다.

"너도 잘 알겠지만 맥문은 어느 누구에게도 함부로 내줘서는 안 돼. 알았지?"

"물론이죠."

본 무협지가 몇 권인데 그 정도도 모르겠는가?

'응? 흡공?'

하민의 기운이 들어올 거라는 예상과는 달리 몸에 있던

기운이 쑤욱하고 빠지는 느낌이 든다.

하지만 그녀가 내공을 갈취할 거라는 생각은 들지 않았기에 가만히 있었다.

팔에 있던 내공이 모두 빠져나가려는 그때, 지원의 단전이 꿈틀대더니 맹렬히 돌기 시작한다.

그리곤 하민의 기가 내 쪽으로 들어오기 시작한다.

하민이 당황할 거라는 생각을 했지만 그녀는 표정의 변화 없이 빨아들이는 힘을 배가시킨다.

'지금 줄다리기하는 거냐?'

그녀가 빨아들이는 힘을 배가시키자 지원의 단전도 알아서 당기는 힘을 배가시킨다.

이런 과정이 계속될수록 하민의 얼굴은 놀란 표정이 역력해진다.

그리고 서로의 힘이 팽팽해졌을 때 비로소 입을 연다.

"이제 손을 뗄 거야. 그럼 약간 어지러울 텐데 선음법으로 일주천을 하면 괜찮아질 거야."

"그럴게요."

고개를 살짝 끄덕이며 신호를 보낸 후 하민은 손을 뗀다.

팽팽하던 힘의 한쪽이 사라지자 갈 곳을 잃은 힘이 더욱 단전의 회전 속도를 높인다.

그녀의 말처럼 어지러웠지만 호흡으로 받아들인 기를 그 힘에 맡기고 빠르게 일주천하자 안정이 된다.

"지원아, 수련에 앞서 잠깐 얘기 좀 할 수 있을까?"

"네."

"몇 가지만 물어볼게. 답변하기 곤란하면 안 해도 되니 부담 갖지는 말구."

뭘 물으려는지 몰라도 부드러운 미소를 지으며 말하는 그녀의 모습에 벌써 무장해제당하는 기분이다.

하지만 묻고자 하는 것이 선양법이나 선음법에 대한 것일 가능성이 높았기에 긴장을 했다.

"선양법을 배웠니?"

"네."

"오빠에게?"

"아뇨, 오빠랑 같이 할아버지에게 배웠어요."

그녀가 묻는 의도를 생각하고 빠르게 생각을 정리하고 말을 했다.

"오빠가 구했다는 그 노인분?"

"네, 오빠랑도 그분을 구하면서 알게 된 사이에요. 제가 먼저 쓰러져 있던 할아버지를 발견을 했지만 어린 제가 할 수 있는 일은 소리치는 것밖에 없었죠. 그러다 오빠를 만나게 된 거예요."

거짓말이 생활화되다시피 한 나에게 간단한 얘기를 만드는 건 일도 아니었다.

"그렇구나, 그럼 배운 기간은 오빠와 마찬가지로 7년?"

"네, 사고로 한동안 못했지만 그 정도 될 거예요."

"선양법 1단계는 언제 완성했어?"

"그게 언제였더라……? 맞다! 사고 나기 3개월 전쯤이었던 것 같아요. 그날도 오빠가 찾아와서 행공을 도와줬어요.

그때……."

"행공을 도와줘?"

"네, 틈나는 대로 와서는 이런 식으로 머리에 손을 올리곤 저에게 선양법을 하라고 했어요."

"그렇게 선양법을 하면 평소와 달랐어?"

"좀 달랐어요. 훨씬 벅찬 기분이랄까? 지금 와서 생각해 보니 자신의 기를 넣어준 게 아닌가 싶어요."

"그래서 선양법 1단계를 완성했다?"

"그런 것 같아요. 그날 오빠가 1단계 완성했다고 엄청 칭찬을 해줬어요. 한데 시작할 땐 오전이었는데 끝나고 나니 저녁이 넘어서 원장님에게 오빠가 엄청 혼났거든요."

"……."

머리 좋은 사람들에겐 자세히 말할 필요가 없었다.

사기꾼 아저씨의 기억을 보면 오히려 약간의 허점이 보이고 두루뭉술한 것이 좋았다.

그래야 그 사람들이 스스로 생각하고 결론을 낸다는 것이다.

"……그럼, 요즘에도 도와주니?"

"간혹요. 한번 해줄 때마다 많이 힘든지 며칠 잠만 자더라고요."

"그렇구나……."

혹시나 종민에게도 똑같은 일을 해달라고 할까 봐 미리 연막을 폈다.

해주고 싶어도 거짓말이었기에 해줄 수가 없었다.

잠깐 뭔가를 생각하는 그녀의 모습에 차를 타고 신 사장을 만나러 가는 내 육체가 부르르 떨린다.

"그런데, 언……."

"편하게 언니라고 불러."

언니라고 부르지 말라고 해도 부를 생각이었지만 남자로서의 마지막 마지노선 같은 기분에 차마 입 밖으로 뱉지 못한다.

"한데, 이런 걸 왜 물어보는 거예요?"

"으응, 솔직히 네 선음법 수준을 보고 많이 놀랐거든."

"놀랄 정돈가요?"

"그래, 비록 선양법 1단계를 완성한 상태였기에 선음법 1단계 완성이 쉽다고는 해도 지금 네 수준은 15년은 족히 수련해야 할 내공이야."

15년이라…….

하지만 딱히 와 닿는 것은 없었다.

아니, 방학 동안 선음법을 죽으라 했는데 겨우 15년이라니.

무협지처럼 몇 갑자 정도 되지 않은 게 아쉬웠다.

"호호! 15년 내공이라면 엄청난 거야. 이 언니는 5살 때부터 수련을 했지만 이제 겨우 30년 내공을 쌓았을 뿐이야."

내 표정을 읽었는지 자신의 수준까지 말해준다.

"자, 이제 수다도 떨었으니 본격적으로 심파 수련을 시작해 볼까?"

"네."

"그럼, 오빠에게 배운 심파술이 어느 정도인지 보자. 기본 동작부터 한 번 해볼래?"

심파술은 16개의 간단한 동작과 보법으로 이루어져 있었다.

선도술이 1식에 3개의 동작, 총 27식에 81개의 동작으로 이루어져 있었기에 처음엔 '겨우?'라고 생각했었다.

하지만 보법이 16방위를 점하면서 움직이도록 되어 있고, 방향을 틀면서 16개의 동작이 조금씩 바뀌었기에 결코 쉬운 무술이 아니었다.

심파술의 가장 기본은 시계 방향으로 북북동(北北東), 북동(北東), 동북동, 동, 동남동 쪽으로 돌면서 16개 동작을 취한다.

"역(逆)으로."

시계 방향으로 모든 심파술이 끝이 나는 순간 반시계 방향으로 요구한다.

북북서, 북서, 서북서, 서, 서남서……

16개 동작이 오른손에서 왼손으로 바뀌는 걸 제외하곤 특별할 것은 없었다.

"시계 방향 4방위."

각도로 따진다면 90도씩 북에서 동으로, 다시 동에서 남으로 움직이며 심파의 동작을 펼치는 것이다.

"반시계 방향 4방위."

그녀의 요구는 계속되었다.

하지만 시간이 갈수록 손발이 어지러워지기 시작했다.

"그만."

동작도, 보법도 자세가 무너지자 그제야 하민은 멈추라고 했다.

"내공뿐만 아니라 심파술도 아주 좋네."

"에에?"

"왜?"

"아, 아뇨. 오빠가 얘기할 땐 많이 부족하다고 했거든요."

내가 마지막에 엄청 혼났을 때도 지금 지원이 하는 정도는 했었다.

그런데, 지원이는 괜찮고 나는 개판이라니.

하민에게 혼쭐이 난 후에 지원의 심파술과 나의 선도술을 철저히 분리하려고 노력은 했지만 불가능했다.

몸만 따로 움직이지 내 머리는 하나였다.

"호호! 오빠가 혼난 얘기를 했나 보지?"

"네. 그러면서 저에게도 혼날지 모르니 조심하라고 했어요."

"그건 오빠가 잘못 알고 있는 거야. 승호 씨는 네가 하는 동작이 같다고 생각할지 모르지만 사실 너와 결정적으로 다른 차이가 한 가지 있어."

"선음술?"

"그래. 넌 심파술을 펼치느라 못 느꼈는지 모르지만 심파술을 하기 위해선 반드시 선음술이 필요해. 내가 취하는 동작과 보법에 선음술도 함께 움직이고 있는 거야."

"하지만 오빠는 선도술이 반쪽짜리라 동작의 응용과 보법만이라도 배우려고……."

"선음술이 없으면 그냥 동작에 불과해. 그럴 바엔 차라리 반쪽짜리 선도술을 연마하는 게 더 좋아. 단지 오빠가 뭔가에 쫓기는 사람처럼 심파술에 매달리기에 포기하라고 심하게 말했어. 내가 한 말을 어떻게 받아들였는지 몰라도 마음이 상했다면 미안하다고 전해줘."

병 주고 약 주는 거냐?

두 번만 배려했다간 아주 사람 잡을 여자다.

하지만 속 좁은 남자가 될 수는 없는 법.

"오빠도 그렇게 이해했는지 선도술을 열심히 하더라고요."

"그렇다면 다행이구. 이제 부족한 부분을 바로 잡아볼까?"

"네."

하민은 내가 부족한 부분과 잘못된 동작을 일일이 자세를 보여주며 교정해 준다.

"왜 이리 긴장해? 긴장 풀어."

"……네."

지원이 여자라 그런지 하민은 날 가르칠 때완 사뭇 달랐다.

이리저리 몸을 만지며 자세를 교정해 주니 긴장되는 건 어쩔 수가 없었다.

"하민아, 아직 멀었냐?"

한참 땀을 흘리며 수련을 하는데 최철민이 내려온다.

"거의 끝났어요."

"10시가 다 됐으니 이제 그만하렴. 씻고 데려다 주고 하면 시간이 많이 늦겠구나."

"벌써 그렇게 됐어요? 지원이가 가르치는 족족 스펀지처럼 흡수를 하니 시간 가는 줄 몰랐나 봐요."

"허허허! 그래?"

마치 자신의 딸이 똑똑하다는 얘길 들은 아빠처럼 최철민은 나를 보며 흐뭇한 표정을 짓는다.

"제가 잘했다기 보단 워낙 쉽게 잘 가르쳐 주셨어요."

두 부녀가 워낙 다정다감히 대하니 나도 자연스레 미소를 지으며 말하게 된다.

"호호! 계집애 겸양은. 오늘은 이만할까?"

"네, 오늘 배운 걸 기억하기에도 벅차겠어요."

"허허, 말을 어찌 저리 예쁘게 하누."

오늘 최철민과 최하민을 새롭게 보게 됐다.

그리고 내 자신이 저 두 사람에게 어떻게 행동을 했는지 돌이켜 본다.

남자라서 냉정하게 대했을 수도 있다.

하지만 돌이켜 보면 난 분명 최하민에게 흑심을 품고 집에 왔었고, 최철민을 보고 꽤나 당황했었다.

저들도 분명 그러한 내 마음을 알고 있었을 것이다.

과거 윤승호의 오만방자함을 욕하던 내가, 어느새 그와

같은 행동을 하고 있었던 건 아닐까?

개구리 올챙이 적 생각 못한다더니 내가 딱 그 짝이다.

"아침, 저녁으로 아직 날씨가 쌀쌀하니 간단히 목욕이라도 하고 가렴. 내가 차로 집까지 데려다 주마."

"아, 아니요."

땀 좀 흘렸다고 지원이 감기 걸릴 정도로 허약하진 않았다.

"그래, 언니랑 같이하자. 작지만 목욕 시설도 꽤 잘되어 있거든."

"……."

치명적인 유혹이다.

남자가 아무리 여자의 옷을 꿰뚫어 보는 능력을 가지고 있다고 해도 그건 상상일 뿐.

고민한다는 자체가 우습다.

"네, 언니!"

난 꼭 그러고 싶다는 듯 힘차게 대답했다.

쓸데없는 남자로서의 마지노선 따위 이미 잊은지 오래였다.

◆　　◆　　◆

한 점의 군살 없이 매끈한 몸매.

잘록한 허리에서 부드럽게 흐르는 힙의 곡선을 보니 침이 절로 넘어간다.

조금은 말라 보이지만 오랜 기간 무술로 다져진 탄탄한 피부는 기름을 바른 듯 빛을 뿜는다.

또한, 작지만 봉긋이 솟은 가슴은 숨이 막힐 듯 아름답다.

크다면 더할 나위 없이 고맙겠지만 연예인 몸매에 가슴 큰 사람은 극히 드물다.

그리고 드문 경우도 성형외과의 도움으로 커진 경우도 허다했다.

TV에서 보는 연예인들의 가슴골은 모아모아 이루어진 환상이었다.

"뭘 그렇게 빤히 보니……."

같은 여자였기에 하민은 태초의 모습 그대로였다.

살짝 부끄러운 듯 웃는 하민은 알고 있을까? 이 안에 남자가 있다는 걸.

'헉!'

그리고…….

뿌연 증기를 뚫고 보이는……

"……승호야, 내 말 듣고 있냐?"

보이는…….

"듣고 있냐고!"

"시끄러!"

어떤 예술 작품보다 아름답고 어떤 야동보다 피를 끓어오르게 하는 장면을 보고 있는데 동수 형이 방해를 한다.

"사장님, 얘 보세요. 제가 형인데도 항상 이렇다니까요."

술에 잔뜩 취해 눈을 반쯤 뜬 그가 술을 들이키며 앞에 앉은 신 사장에게 징징거린다.

"승호 너 그러는 거 아니~야. 동수가 아무리 매니저라지만 지금은 사적인 자리라고."

"그렇죠?"

"고럼."

"들었지? 그러니까 내가 하는 말 잘 들어. 사장님, 원 샷."

"오~케이!"

저쪽은 천국인데 이쪽은 아주 지옥이다.

신 사장이 급하게 볼일이 있다고 해서 나왔더니 아까부터 이 모양이다.

용건이 분명 있어 보이는데 그냥 술이나 먹자 불렀다고 하니 더 물어보지도 못하고 이렇게 험한 꼴을 당하고 있다.

"승호야, 너도 한잔해라."

"그러죠."

어차피 벗어나기는 힘들 것 같은 분위기.

피할 수 없으면 즐기랬다고 본격적으로 술을 마신다.

양쪽 다 맨 정신으로 버티기 힘든 상황이었다.

또한, 동수 형은 몰라도 말술인 신 사장이 이 정도 술로 취했다는 건 말도 되지 않았다.

뭔가 목적이 있어 하는 발연기 같은데 넘어가 주기로 했다.

"멋지게 한 잔 말겠습니다."

"좋아, 좋아!"

"난 됐어."

"까칠하기는……. 으랏차차차!"

요란스럽게 회오리주(酒)를 만드는 동수 형.

오바하는 그의 모습에 마음 한 켠이 짠해진다.

'먹고 사는 게 뭔지, 쩝!'

성질 더럽고, 자주 점핑을 해 혹사시키는 내 매니저가 돼서 고생이라면 고생하는 그였다.

"이건 사장님 거. 이건 승호 거. 그리고 이건 내 거. 자! 건배!"

"건배!"

"건배."

술을 만 동수 형을 생각해 여전히 회오리치는 술을 들이킨다.

"캬아~ 좋다! 안주!"

포크에 과일을 찍어 신 사장과 내게 안주를 건네고 자신은 손으로 집어 먹는다.

사적인 자리이고, 술에 취했지만 동수 형에겐 일의 연장으로 보이는 건 내 착각일까?

"참, 동수 너 작가랑 사귄다며?"

"예. 헤헤헤!"

"잘돼 가냐?"

"그럭저럭요. 헤헤."

"자식 완전히 빠졌구만. 혹시 결혼할 생각이냐?"

"에이, 그게 제 맘대로 되나요? 제가 가진 게 뭐가 있다고……."

"왜? 니가 어때서? 몇 년 만 더 고생해. 내가 네 자리는 확실히 책임진다."

"저, 정말요? 감사합니다. 사장님."

둘의 대화를 듣고 있으니 신 사장이 날 이곳에 부른 이유를 알 수 있었다.

'어떻게 알았지?'

신 사장은 내가 메이어 기획사의 서나영을 만났다는 걸 알고 있음에 틀림없다.

비밀리에 만난 일이었기에 신 사장이 어떻게 알았는지 궁금했다.

점핑이라도 해 알아보고 싶지만 지금은 그것보다 더 더더 중요한 볼(?)일이 있었다.

"그런데, 승호야……."

한참 동수 형을 비행기 태우던 신 사장이 드디어 운을 뗀다.

"네, 말씀하세요."

"우리가 만난 지 오 년째가?"

"그렇죠, 계약할 당시에 만났으니까."

"세월이 참 빨라……. 아이돌 가수였던 너는 이제 톱스타가 되었고, 중소 기획사였던 난 방송국에서도 꽤 알아주는 기획사 사장이 됐고 말이야."

"다 사장님 덕분이죠."

추억을 나누고 싶은 모양인데 그리 공감이 되지 않는다.

하지만 오늘의 윤승호는 분명 신 사장이 만든 것이나 다름없다.

"그렇게 말해주니 고맙다. 하지만 너한테는 남들과 다른 뭔가가 있었어. 그걸 보고 투자를 한 것뿐이야."

"별말씀을요."

그냥 하는 말이라는 걸 잘 알고 있다.

윤승호가 아이돌이 되고, 신 사장의 소속사에 들어간 건 윤승호가 빛나서가 아니다.

수많은 지망생 중 어느 누구보다 운이 좋았을 뿐이다.

그것이 마치 자신의 노력과 잘남으로 인한 것이라 착각했던 윤승호는 이미 없었다.

"메이어에서 얼마를 제시했는지 모르지만 최대한 맞춰보마. 그러니 나랑 같이 계속 일하자."

주저리주저리 칭찬을 늘어놓더니 마침내 본론을 꺼낸다.

"예? 스, 승호 너 메이어로 옮기는 거냐? 그럼, 난……?"

평소 분위기 파악 못하는 동수 형이지만 이럴 땐 눈치가 빠르다.

술기운이 달아났는지 멀쩡한 표정으로 '내 인생 어쩔겨?'라고 날 바라보는 그.

하지만, 내가 책임져야 하는 인생도 두 개다.

동수 형의 인생까지 책임질 생각은 손톱만큼도 없었다.

"계약금은 분명 우리보다 많을 거고……. 10대0? 11대—1?"

"전 메이어에서 얼마를 준다고 해도 계약 맺을 생각 없었어요."

"그래? 물론, 그러리라 생각했다."

말과는 다르게 안도하는 표정.

내가 거절했다는 걸 모르는 걸 보니 도청기 따위를 나에게 숨긴 건 아닌 모양이다.

나에겐 지금 계약을 하네 마네 하는 것보다 그가 어떻게 메이어와 만난 사실을 알았느냐가 더 중요했다.

연예계의 소문으로 알았을 수도 있지만 정확하게 알아야 했다.

암천회의 눈을 피하기 위해선 단 한 곳이라도 빈틈이 있으면 안 되었다.

"계약금은 한 3억 정도 더 줄 수 있고, 계약 조건은 11 대—1은 어렵고, 10대 0까지는 고려해 보마."

"됐어요."

"더, 더 주기는 나도……."

"더 달라는 게 아니라 지난번 계약 조건으로도 만족한다는 거예요."

"정말이냐?"

"예. 대신 한 가지 물어볼 게 있어요."

"뭔데? 내가 아는 건 뭐든지 말해주마."

"제가 메이어의 서나영과 만났다는 건 어떻게 아셨어요?"

"그, 그거? 음……. 그냥 소, 소문을 듣고……."

"거짓말이면 아시죠?"

이제 지원이는 모든 구경을 마치고 집으로 향하고 있었다.

그러니 점핑을 해 알아봐도 무방하겠지만 앞으로를 위해서라도 본인의 입으로 확실히 듣는 편이 좋았다.

"일단, 계약 먼저 하고 말해주면 안 되겠냐?"

"……여기서요?"

"혹시 몰라서 계약서를 가져왔거든. 공증은 내일 받으면 되고…… 응?"

'이 인간이 도대체 무슨 짓을 했기에…….'

"좋아요. 주세요."

"여기 있다."

어질러진 테이블을 치우고 지난번 본 것과 똑같은 계약서인지 꼼꼼히 체크한다.

내가 신 사장과 재계약을 하는 이유는 의리 때문이 아니라 내가 활동하기가 편하다는 이유에서다.

"자, 됐어요?"

계약서에 사인을 하고 이제는 말해보라는 눈빛을 보냈다.

"여기 여기에 지장도."

"……"

인주까지 준비했을 줄이야. 정말이지 철저한 사람이라니까.

"더 이상 찍을 곳 없죠? 이제 말해봐요."

"응."

계약서를 가방에 넣고 내가 빼앗지 못하도록 하려는 것인지 등 뒤에 꼭꼭 숨긴다.

부질없는 그의 행동에 쓴웃음이 나왔지만 다음 말이 나오길 기다린다.

"……해킹했어."

"네?"

"네 전화기를 해킹했다고. 물론, 사적인 마음은 절대 없었어. 믿어줘. 스캔들이나 혹시 모를 사건이 일어났을 때를 대비해……."

해킹이라…….

신 사장의 변명은 들리지 않았다.

신문에서 USIM칩을 복사해 똑같은 핸드폰을 만든다는 기사를 본 적이 있었는데 남의 일이라 생각했었다.

약간 화가 나긴 했지만 그렇다고 계약을 때려치우거나 할 생각은 없었다.

다만, 내 핸드폰을 복사했다면 도왔을 동수 형은 더 이상 옆에 둘 수가 없었다.

"아, 아냐. 나, 난…… 저, 절대 그런 적 없어!"

내 눈빛에서 뭔가를 느꼈는지 다급히 말을 한다.

'어라, 거짓은 아닌 것 같은데…….'

"스, 승호야. 진짜야! 사장님 빨리 말 좀 해줘요~~"

"동수는 모르고 있었던 일이야."

"USIM칩을 복사한 게 아닌가요? 자세히 말해주세요."

"자세한 건 나도 잘 몰라. 아는 사람 소개로 해커를 소개받았는데 그 사람이 컴퓨터에다 뭔가를 설치했을 뿐이야."

"그게 끝이에요?"

"응. 그랬더니 네 핸드폰의 통화 기록과 내용, 사진까지 몽땅 실시간으로 올라오더라고⋯⋯. 미안하다. 앞으로는 절대 이런 일 없도록 할게."

신 사장의 사과는 귀에 들어오지 않았다.

지금 내 머리를 가득 채우는 건 당장에라도 그 해커를 만나고 싶은 생각뿐이었다.

하지만, 일단 여기 자리를 끝내는 게 우선이었다.

"앞으로 이런 일 있으면 무조건 계약은 파기입니다. 계약서 조항에 추가하죠."

"뭘 그렇게까지⋯⋯. 아, 알았어. 그렇게 하자."

짝짝!

"그건 그렇고 이제 본격적으로 술을 마셔볼까?"

경직된 분위기를 풀려고 하는지 신 사장이 박수를 치며 과장되게 너스레를 떤다.

"동수야, 아가씨들 들어오라고 해라."

"옙!"

내 눈치를 보고 있던 동수 형이 빠르게 밖으로 나간다.

그리고 들어오는 아가씨들.

"어머! 승호 오빠 팬이에요."

헐벗은 아가씨 중 한 명이 찰싹 내 옆으로 붙으며 아양을 떤다.

경국지색 미모인 하민과 비교하면 한참 부족하지만 그리 나쁘지만은 않다.

"오늘 화끈하게 놀아보자."

"예에~"

"오!"

방금 전까지 어색했던 공기가 금세 후끈 달아오른다.

밝았던 조명이 어두워지며 노래방 기계에서 흥겨운 노래가 울려 퍼진다.

"오빠, 한잔해요."

"……응."

옆에 앉은 아가씨가 술을 마시자 바로 안주를 입에 넣어준다.

'해커는…… 내일 만나야겠군.'

스트레스를 푸는 방법이 야구만 있는 것은 아니었다.

이래저래 오늘은 행복한 날이다.

7.
새로운 적(?)

어린 시절 꿈을 꿨다.

난 내가 자란 고아원에서 조금 떨어진 도로 앞에 서 있었
다.

어린 시절 그 4차선 도로에는 쌩쌩 달리는 자동차들이 많
았었다.

하지만 오늘은 단 한 대의 차량도 보이지 않는다.

'건너자!'

다른 생각은 없었다.

도로 건너편에 있는 낯선 마을로 가는 것이 내 전부인 양
느껴졌다.

도로로 내딛던 발이 순간 멈춰진다.

차도 없었고, 그냥 평범한 도로였음에도 막상 건너려니

알 수 없는 두려움이 밀려온다.

고아원의 형들은 간혹 도로를 건너다 사람이 죽었다는 둥 그래서 귀신이 있다는 둥하며 어린 날 놀리기도 했고, 원장님이 차조심해야 한다는 소리를 수없이 했었다.

—헤헤헤! 금이는 도로도 못 건넌데요. 약 오르지롱!

—거, 건너봐야 아무것도 없는 델 왜 가냐?

그래서일까?

초등학생이 되고 또래 친구들은 모두 그 도로를 왔다 갔다 했지만 난 그 도로를 중학생이 되고서야 처음으로 건넜었다.

그날, 지켜보는 이들도 없었고, 아무 일도 아니었지만 다시 건너올 때 내 심장은 무척이나 뛰고 있었다.

우습게도 뭔가를 이루었다는 성취감마저 들었었다.

도로를 건넜던 기억이 나서 그런지 다시 바라본 도로는 더 이상 두려움의 대상이 아니었다.

크게 호흡을 한 후 도로를 성큼성큼 건넜다.

"쳇! 역시 별것 없잖아."

꿈이었지만 난 또렷이 말했고, 과거의 그때처럼 만큼은 아니었지만 심장이 쿵쾅대고 있었다.

순간, 세상은 어두워졌다.

방금 전까지 낯설지만 뭔가가 있을 것이라 생각되던 마을은 마치 지옥처럼 무섭게 느껴졌다.

"도, 돌아가야겠어."

성취감은 어느새 두려움으로 바뀌었고, 어린 난 고아원으로 다시 돌아가고자 고개를 돌렸다.

"아……!"

텅 비어 있던 4차선 도로에는 수많은 차들이 엄청난 속도로 지나가고 있었고, 작게나마 보이던 고아원은 더 이상 보이지 않았다.

뒤에서 누군가 날 쫓고 있다는 두려움, 고아원으로 돌아가야겠다는 갈망, 혼자라는 외로움과 같은 감정들이 소용돌이친다.

그리고 어느새 도로는 끝이 보이지 않을 정도로 넓어져 있었고 그 위로 차들은 빛처럼 흘러가고 있었다.

"크크…… 하하하…… 하하하핫!"

어렸던 난 윤승호가 되어 미친 듯이 웃는다.

꿈이 말하고자 하는 것이 무엇인지 알고 있었다.

어쩌면 평범한 나로 돌아가고 싶다는 마음이 이런 꿈을 꾸게 했는지도 모른다.

잠은 선잠으로 바뀌었고, 난 깨어난 정신의 힘을 빌려 다시 돌아섰다.

무서운 뭔가가 다가오는 마을을 바라본다.

난 그곳을 향해 발을 성큼 내딛는다.

"며늘아기냐?"

서재에서 책을 읽고 있던 윤봉석의 말에 비로소 현실로 돌아온다.

여든 살에 가까운 나이라는 게 믿어지지 않을 정도로 젊어 보이고 단정한 노인의 얼굴엔 손자며느리를 보는 따뜻함이 있었다.

단정하고 신사다운 풍모의 노인.

만일 그의 정신세계에서 기억을 읽지 않았더라면 눈앞의 노인이 암천회 회원임에도 죽일 생각을 접었을 것이다.

"네 눈에는 내가 손자며느리로 보이냐?"

"……."

"농담이야. 과거에 꽤나 유명했던 이야기의 패러디일 뿐이야. 하하!"

"서, 설마?"

"네 눈에는 손자며느리가 맞겠지. 하지만 여기 들어가 있는 게 딴 사람이야."

내 머리를 톡톡 치며 말했다.

"정신 이동자……."

"딩동댕! 역시 배운 사람이라 눈치가 빨라 좋군."

"그렇게 비꼬지 말게. 날…… 죽이러 온 건가?"

당황함도 잠시, 노인은 세상 달관한 사람처럼 침착해진다.

윤봉석은 우리나라 의사협회 회장을 오랫동안 역임한 것은 물론, 의사협회 발전에 가장 많은 공헌을 한 사람이었다.

하지만 의사 쪽 입장에서 보자면 훌륭한 사람이지만 병원을 이용하는 국민들에게는 참 몹쓸 짓을 했다.

실수로 환자를 죽여도 의사라는 이유만으로 책임을 회피할 수 있는 나라를 만든 장본인이었고, 그 또한 꽤 많은 실수를 저질렀었다.

하지만 난 그가 상대하던 불쌍한 유족들이 아니었다.

"책상 밑에 비상벨에서 손을 떼는 게 좋을 거야. 날 악마로 만들지 마."

움찔!

내 말을 이해했는지 잠깐 고민을 하던 그는 양손을 조심스레 책상 위로 올린다.

"잘 생각했어."

말을 하면서 오히려 안도의 한숨을 쉰 건 나였다.

죄 없는 윤봉석의 가족까지 해할 생각은 추호도 없었다.

"가족들은 손대지 말아주게. 그들은 아무것도 모르네."

"내가 원하는 바만 얻는다면 절대 그들은 건드리는 일은 없을 거야."

"원하는 바가 무엇인가? 돈이라면 시간이……."

"돈 따위가 아냐. 도대체 그전에 정신 이동자들이 어떻게 행동했는지 궁금해지는군. 성정현도 그러더니 당신도 똑같은 말을 하는군."

비자금을 빼돌리고 싶어도 지금 윤봉석에게 비자금이나 숨겨둔 재산이 하나도 없었다.

얼마 전, 대부분의 재산을 합법적으로 손자에게 상속해 버렸다.

"성정현 회장의 죽음이……."

"그래, 내가 했어. 그리고 SJ그룹이 휘청거리게 만든 것도 내가 한 짓이고."

SJ그룹은 내 계획대로 서서히 무너지고 있었다.

성정현 회장의 배임 행위가 세상에 밝혀지며 대대적인 세무 조사를 받고 있었고, 그 와중에 형제들은 상속 문제로 연일 싸움을 벌이고 있었다.

"원하는 바를 말하게……."

"당신이 추측하는 암천회 회원들은 누구지?"

"정확히는 몰라. 하지만 추측하자면……."

모든 걸 체념한 듯한 표정으로 말하는 윤봉석의 입에서 나오는 인물들을 머릿속에 각인한다.

"으~ 가, 가족들은……."

마지막까지 가족들 걱정하며 조용히 책상에 엎드려 쓰러지는 윤봉석.

자신의 가족이 소중하다는 걸 아는 사람이 다른 가족들에겐 그토록 모질게 굴었다니…….

씁쓸했다.

그의 맥을 짚어보고 완전히 멈췄다는 걸 확인하고 나서야 몸을 움직였다.

서재에 딸린 화장실로 가 들고 있던 주사기를 부셔 증거를 없앤다.

내가 암천회 회원들을 자연사처럼 보이도록 없애는 이유는 간단했다.

그들이 다른 조치를 취하기 전에 최대한 그 수를 줄여놓자는 생각과 나중에 그 일을 내가 했다는 걸 알았을 때 그들이 분열되기를 바라는 마음에서였다.

서재에서 나와 부엌으로 향한 난 약하게 줄여 놓았던 가스 불을 높인다.

보글거리는 된장찌개에서 맛있는 향이 올라온다.

그 장면을 끝으로 난 내 몸으로 점핑을 한다.

◆　◆　◆

"오빠, 며칠만 있을게."

"무슨 일 있어?"

여행용 가방을 들고 불쑥 찾아온 연채.

혹 그룹 멤버들과 좋지 않은 일 때문인가 싶어 조심스레 물었다.

TV에서는 둘도 없는 절친인 것처럼 굴지만 은근히 왕따 당하는 멤버도 있었고, 나처럼 매니저에게 틈만 나면 맞고 멤버에겐 아예 무시당하는 일도 비일비재했다.

"응! 나 이번에 드라마 찍어. 그리고 예능 프로그램에도 고정으로 나간다~"

"개인 활동을 하나 보구나? 축하한다."

하긴 연채가 어디 가서 왕따당할 애는 아니었다.

"호호호! 내가 한 인기하잖아."

기분 좋게 웃는 연채를 보자 방금 전까지 가지고 있던 기우(奇遇)는 말끔히 사라지고 덩달아 기분이 좋아진다.

"말로만?"

시도 때도 없이 선물 타령을 하는 연채지만 큰 걸 바란

적은 없었다.

입학 선물로 원한 것도 중저가의 옷 한 벌이 다였다.

연예인이면 싫어도 좋은 옷을 입어야 한다고 말해도 부득불 자신이 고른 옷이 마음에 든다고 고집을 피웠었다.

"녀석하곤…… 뭐해줄까?"

"글쎄? 생각 좀 해보고 말해줄게. 그건 그렇고 요즘 바빠?"

"보시다시피."

연채의 말에 난 거실 테이블을 가리켰다.

"우와! 이게 다 대본이야? 그리고 이 CD들는 뭐야? 앨범도 낼 거야?"

"신 사장이 하라는데 해야지 별수 있나?"

진정한 톱스타가 되었으니 신비주의 활동을 해야 한다던 신 사장.

"요즘은 스캔들이라도 내서 TV에 무조건 얼굴을 비춰야 해."

재계약과 함께 언제 그랬냐는 듯 일감을 듬뿍 안겨줬다.

"완전 부럽다."

"너도 곧 이렇게 될 거야."

"정말 그럴 수 있을까?"

"그럼, 내 동생 윤연채 아니야. 하하하!"

쉽지 않은 길이겠지만 미리부터 겁줄 필요는 없었다.

혹시 아는가? 이번 드라마로 대박이 터질지.

"근데…… 난 오빠완 좀 다른가 봐."

기분 좋으라 한 말인데 어째 연채의 반응이 시원찮다.

"뭐가?"

"연습생 시절도 짧았고, 내가 그동안 연기를 해본 적도 없었고…… 그, 그러니까 내 말은…… 연기라는 거 쉽지 않구나 싶어서……."

"그렇긴 하지."

"촬영일은 다가오는데……. 배울 곳은 마땅찮고 가르쳐 줄 사람도 없고……."

연채가 갑자기 짐까지 싸들고 집으로 온 이유를 알 수 있었다.

나에게 연기 지도를 부탁하러 온 것이다.

항상 당당하던 연채가 곤란해하는 모습이 재미있어 더 보고는 싶었지만 그러다 삐치기라도 하면 뒷감당이 안 된다.

"부족한 오빠지만 좀 도와줄까?"

"오빠가 그러고 싶다면……. 마음대로 해."

"그래 같이해 보자."

속으로 터져 나오는 웃음을 가까스로 참는다.

여동생을 끔찍이도 좋아했던 윤승호였기에 연채와의 기억이 유독 많았다.

그중 '마음대로 해.'라는 어린 연채의 말을 처음에 곧이 곧대로 믿다가 곤혹스러움을 당한 기억이 떠오른다.

연채의 그 말은 꼭 해달라는 의미였다.

"나 바빠."

"상관없어. 끝날 때까지 기다리지 뭐."

"이 일이 끝나고 또 다른 일 때문에 지방에 내려가야 해."

"잘됐네. 내가 태워줄게."

"안 돼. 회장님이 아시기라도 하시면······. 내 말 무슨 말인지 알겠지?"

"히잉~ 아빠한테 오빠 일 좀 줄여달라고 해야겠어."

"······."

"알았어. 바쁜 것 같으니까 이만 가볼게. 대신 일 끝난 다음엔 시간 비워줘야 해?"

"······그래."

"그럼, 연락할게."

연채는 환하게 웃으며 손을 흔들곤 보이지 않는 문을 열고 나가는 행동을 취한다.

"어때?"

"나, 나쁘진 않아."

씬(Scene)이 끝나자마자 연채는 다시 자신의 연기에 대해 묻는다.

난 아까와 마찬가지로 대답했다.

맨 처음 씬을 연습한 후 몇 마디 조언을 했다가 대판 싸울 뻔했었기에 다른 말을 할 수가 없었다.

만일 연채가 가족이 아니었다면 당장 연기를 때려치우라고 소리쳤을 것이다.

'에휴! 이걸 어쩌나?'

하지만 차마 그럴 수 없었다.

가족끼리 무언가를 가르친다는 건 불가능하다는 걸 새삼 깨달았다.

연채가 이대로 촬영을 시작한다면 감독에게 혼나는 건 물론이거니와 발연기 배우로 낙인이 찍힐 가능성이 100%였다.

"연채야."

"응?"

"……잠깐 쉴까?"

"응. 신경 써서 연기를 하니 꽤 피곤하네."

용기를 내 연기에 대해 말하려 했지만 생각과 다른 말이 나온다.

내 목숨을 노리는 선도회 놈들에게 둘러싸여 있을 때보다 더한 긴장감이라니.

"그래도 오빠랑 하니 연기가 잘되는 편이네. 첫 리딩 때 얼마나 긴장했는지 국어책 읽는다고 엄청 혼났어."

"그, 그러냐?"

차마 얼굴을 마주하기가 어색해 음료를 가지러 냉장고로 향한다.

연채가 맡은 배역은 드라마에 흔히 나오는 부잣집 딸이었다.

아이돌 여가수들의 드라마 입문 배역이라고 할 정도로 이미지와도 잘 어울리고 연기하기도 꽤나 무난한 배역이었다.

한데, 그런 배역에서조차 평균 이하의 연기를 한다면 앞으로 배우 생활하는 건 힘들 것이다.

"참, 오빠. 민수린 언니랑 무슨 관계야?"

어떻게 해야 연기력을 높일 수 있을까 고민을 하는데 수란의 얘기를 꺼내는 연채.

"친구."

"진짜?"

"그럼, 진짜지. 한데 니가 걔를 어떻게 알아?"

"수린이 언니가 이 드라마 여주인공이잖아."

"그래?"

"몰랐어? 진짜 친군가 보네? 수린이 언니가 여자로 보이진 않고?"

"응."

이건 거짓말이다.

수란이 같은 미인이 왜 여자로 보이지 않겠는가?

다만 목숨 걸고 연애를 하고픈 마음은 추호도 없었다.

"난 그 언니 마음에 들던데……."

"그럼, 네가 사귀던가."

"오~빠!"

"농담이야, 농담."

또다시 발끈하려는 연채를 달랜다.

그러고 보니 연채가 맡은 한수지라는 배역은 수란이와 비슷하다.

처음엔 철모르는 부잣집 딸이지만 자신의 약혼자인 주인공이 다른 여자를 사랑한다는 걸 알고부터 분명 악녀로 변하게 될 테니까.

'수란이 이 역할을 맡으면 여우조연상감인데……!'

연채의 연기력을 조금이라도 좋아지게 만들 방법이 생각
났다.

동생의 기억을 읽어야 한다는 점이 마음에 걸리긴 했지만
발연기 배우로 찍혀 가슴 아파하는 것보다는 나아 보였다.

마침 소파에 기대어 눈을 감고 있는 연채.

난 연채의 정신세계로 점핑을 한다.

◆　　◆　　◆

연채의 기억에 수란의 기억 일부를 붙여 넣은 것은 성공
이었다.

그렇다고 발연기가 갑자기 신들린 연기로 바뀐 것은 아니
었지만 봐줄 만은 했다.

"잘했어! 한결 부드러워졌다."

"이제야 내 숨은 실력이 나오나 보다. 헤헤."

"그렇다고 너무 자만하지 말고."

"당연하지. 고마워, 오빠."

그동안 난 연채에 대해 약간의 오해를 가지고 있었다.

착한 동생이라는 건 알고 있었지만 남에게 선물받을 때는
스스럼없이 받는다고 생각을 했었다.

하지만, 기억을 읽고 난 다음에야 연채가 얼마나 속이 깊
은 애인지 알 수 있었다.

예전에 스폰의 문제로 만났던 김명숙 회장의 비서인 김희

수가 비싼 명품 가방을 사준다고 했을 때도 끝끝내 받지 않았고, 대략적인 이유를 듣고서야 자신이 잘 말해주겠다며 오히려 김희수를 다독이는 모습에선 흐뭇한 웃음이 나왔다.

"참, 오빠. 선물 준다는 얘기 잊지 않았지?"

"그럼, 뭐해줄까? 말만 해 오빠가 다해줄게."

이번엔 연채가 해달라는 것보다 좋은 걸 해줄 생각이다.

역할도 역할이니 만큼 괜찮은 핸드백이 어떨까 생각해 본다.

"진짜지?"

"오빠가 하나뿐인 동생에게 뭔들 못해주겠니?"

"약속했다! 그럼, 나 BNW 미니카 사줘. 요즘 여자 연예인들이 주로 타는 건데 너무 마음에 들어."

"……."

"SFS의 은진이 언니도 몰고 다니는데 너무 예쁜 거 있지. 또, 숙녀시대의 언니들도……."

"너 운전 면허증도 없잖아……."

"걱정 마. 금방 딸 테니까. 왠지 지금 당장에라도 운전을 할 수 있을 것 같은 느낌이야."

아무래도 수란의 기억을 옮기다 뭔가가 잘못됐나 보다.

뱉은 말이야 비싸다고 딱 잡아떼면 그뿐이다.

하지만 연채의 성격이라면 평생 이 일로 날 들볶을지도 모른다.

아니, 민수란의 기억까지 더해졌다면…….

상상하기도 싫어진다.

"아까 철썩 같이 약속했는데 지금 와서 발뺌할 생각은 아니겠지? 오! 빠!"

어떻게 이 위기(?)에서 벗어날지 생각해 봤지만 딱히 떠오르는 건 없었다.

다행히도(?) 연채의 상태는 내 예상보다 심각하진 않았다.

차를 포기하는 대신 자신이 출연하는 드라마와 예능 프로그램에 카메오로 출연해 달라는 것과 내 차를 촬영 기간 동안 빌리는 것으로 합의를 봤다.

"연채도 갔으니 이제 컴퓨터나 해볼까?"

지난주에 구입해 둔 컴퓨터가 있는 방으로 들어서자 6개의 모니터와 3대의 컴퓨터가 보인다.

난 내 스마트폰을 해킹한 해커를 찾아가 그의 기억을 읽었다.

하지만 기억만으로 뭐가 뭔지 도통 알 수가 없었다.

그래서 공부라도 해보고자 그와 비슷하게 컴퓨터를 꾸며 놓았다.

피익! 피익! 피익!

세대의 컴퓨터를 켜자 고음의 비프음과 함께 구동이 된다.

"이건 뭐야?"

한 대는 정상적으로 화면이 나오는데 2대는 그냥 검은 화면에 커서만 깜박이고 있다.

해커의 기억을 더듬고서야 운영체제를 설치해야 한다는 걸 알 수 있었다.

"복잡하다 복잡해."

기억뿐 아니라 그가 주로 쓰는 CD를 복사해 왔기에 기억대로 설치를 시작한다.

내가 아는 지식이 아닌 동영상을 보고 그대로 따라하는 것이다.

그러다 보니 이런저런 의문이 들 때마다 외계어처럼 복잡한 코드(Code)가 머리를 어지럽힌다.

"하여간 쉬운 일이 없다더니……."

물론, 해커가 될 생각은 없다.

내가 아는 암천회 회원들과 주위 인물들의 동태를 파악할 수 있는 정도만 되면 만족한다.

운영체제 설치가 끝나고 또 다른 프로그램들을 설치해야 했다.

그때마다 키보드를 쳐야 할 것들이 꽤 있었는데 글자를 일일이 확인하고 손가락으로 더듬더듬 치다 보니 점심 먹고 시작한 일이 밤 12시가 넘어서야 끝이 났다.

"으갸갸갸!"

거의 12시간을 컴퓨터와 씨름을 하다 보니 손가락과 뒷목이 마비가 올 정도로 뻑뻑했기에 일어나 간단한 스트레칭을 했다.

"지금까지 컴퓨터라곤 패드형 컴퓨터나 스마트폰으로 팬카페 눈팅하는 게 전부였는데……. 쩝!"

다시 컴퓨터 의자에 앉아 스마트폰을 컴퓨터와 연결한다.

해커가 개발한 스마트폰 해킹 방법은 세 가지.

첫 번째, 컴퓨터와 연결된 스마트폰으로 전화통화를 하면 자동으로 해킹 툴이 상대의 스마트폰으로 넘어간다.

약 1분 이상 통화를 해야 한다는 단점이 있다.

두 번째, 스마트폰 메신저를 통한 해킹.

문자와 함께 일정한 코드가 넘어가게 되고 상대방이 확인을 하고 답장을 보내는 순간 해킹 툴이 넘어간다.

해커가 가장 선호하는 방법이다.

마지막으로 와이파이(Wi—Fi), 3G, 4G의 중계기를 이용한 해킹이다.

해킹하려는 사람의 스마트폰이 있는 근처의 중계기를 무력화시키고 해킹 장비가 중계기를 대신하며 해킹 툴을 심는다.

이것 말고도 다른 방법들을 개발 중인 모양인데 더 이상은 알 필요가 없는 방법들이었다.

내게 필요한 건 암천회 회원을 알아내는 도구였지 해킹 그 자체는 아니었다.

"누구에게 실험을 해볼까?"

스마트폰에 저장된 전화번호를 뒤적거리며 해킹할 사람을 찾는다.

내 인간관계가 이 정도로 척박했나 싶을 정도로 적은 전화번호, 그중에 새벽 1시가 다 되어가는 지금 전화를 걸 수 있는 이들은 손에 꼽혔다.

"만만한 애는 얘밖에 없구나."

통화 버튼을 누르자 몇 번 신호음이 간 후 익숙한 목소리가 들린다.

—왜? 잡귀?

"오랜만이다."

—누구 덕분에 오랜만이긴 하지. 그런데 웬일이야? 전화도 안 받던 분이 무슨 바람이 불어 직접 전화까지 하셨어?

"미안, 그때 좀 바빴거든."

—치잇! 내가 전화할 때만 바빴겠지.

약간 서운하다는 목소리의 수란.

하지만 실제로 수란이 전화할 때 바빴다.

어찌 된 일인지 꼭 암천회 회원들을 손봐줄 때 전화가 왔었다.

—됐구! 용건만 말해. 지금 목욕 중이야.

"그래? 그냥 뭐……. 이번에 드라마 찍는다며?"

수란의 벗은 몸이 눈앞에 펼쳐지는 걸 애써 지우며 말을 돌렸다.

—응, 할 일도 없는데 일이라도 해야지.

"연채한테 들었어. 많이 부족한 애니 잘 부탁한다."

—내 코가 석 자인데 뭘. 연채 걔 귀엽고 당차더라.

"천방지축이지."

—내가 볼 땐 너보다 낫던데?

수란과 잠깐 수다를 떨자 컴퓨터 모니터에 'Accessed'

라는 글자가 깜빡거린다.

　이제부턴 그녀의 스마트폰이 인터넷에 연결되면 언제든 확인 가능한 상태가 된 것이다.

　그리고 그녀의 스마트폰에 있던 자료가 넘어오는 것이 보인다.

　"이제 끊자. 다음에 연락할게. 샤워하고 잘 자."

　―그래. ……잠귀!

　막 전화를 끊으려는데 다시 날 부르는 수란.

　"응?"

　―외로워? 만날까?

　"……"

　단순한 한마디였지만 순간 말을 못했다.

　날 걱정해 주는 말투에 가슴이 순간 찌르르하다.

　그리고 이제는 보지 못하는 지안이 떠오른다.

　"아, 아니. 말만이라도 고맙다."

　―싫음 관둬!

　뚜~뚜~뚜~뚜~~

　"성질머리하곤……."

　한 번 더 권했으면 내가 먼저 달려갔을지도 모른다.

　암천회와의 싸움이 시작된 이후 종족 보존 본능 때문인지 부쩍 외로움을 타는 것 같다.

　남자는 극도로 피곤할 때, 여자는 모든 것이 평온할 때 성욕을 느낀다고 누군가가 말했는데 틀린 말은 아닌가 보다.

전화를 끊었지만 이미 수란의 스마트폰에 숨겨진 악성 프로그램은 그녀가 저장해 둔 모든 것을 내 컴퓨터로 보내주고 있었다.

"LTE가 선전처럼 빠르긴 빠른 모양이네."

데이터 전송이 완료되었다.

원래는 그냥 테스트해 보고 끝낼 생각이었다.

하지만 사람의 마음이 간사하다고 어느새 수란의 스마트폰 내용을 살펴보고 있다.

"쳇! 이놈은 유명한 바람둥인데……."

수란의 말처럼 많은 놈들이 수작을 걸고 있었다.

그중 바람둥이로 유명한 배우가 보낸 노골적인 문자도 보인다.

"수란이가 어떤 앤지 된통 당해봐야 이것들이 정신을 차리지. 쯧쯧!"

말과는 다르게 마음 한 켠이 싸해짐을 느껴지는 게 나도 꽤나 놀부 심보를 가졌나 보다.

내가 가지긴 싫고 남 주긴 더 싫고.

"아니, 이 새끼는 애인도 있는 주제에……."

"에구! 내가 뭐하는 짓이냐."

한참을 집중해 보다가 비로소 정신이 돌아온다.

하지만, 손은 여전히 마우스를 클릭하고 있다.

"이건 뭐야?"

이번엔 수란이 스마트폰으로 찍은 사진들이 보인다.

그중에 나도 모르게 날 찍은 사진들이 보였고, 드라마를 찍으며 틈틈이 같이 찍은 사진도 있었다.

유독 눈에 띄는 사진은 수란에게 어깨동무를 하고 둘이 환하게 웃고 있는 사진.

무척이나 즐겁고 행복해 보이는 모습이다.

낯선 나를 발견한 기분.

어쩌면 수란이를 싫어하는 게 아니라 피하고 있는 것이 아닐까라는 생각이 들었다.

또한, 여러 표정의 사진에는 수란의 마음이 담겨 있는 것 같아 한편으로 미안한 감정도 든다.

아무래도 조만간 수란을 한 번 봐야겠다.

"……."

사진을 보다 한 장의 사진에서 모든 동작이 멈췄다.

침대에 옷을 벗고 자고 있는 내 모습.

뭐가 좋은지 V표시를 하고 내 옆에 바싹 붙어 셀카를 찍는 수란의 모습도 자연 그대로의 모습이다.

상반신만 나타나 있고 그녀의 가슴 부근은 보이지 않지만 이건 누가 봐도 연인 관계라 생각할 사진이었다.

"이, 이거 마카오에서……."

뒷장도, 그 뒷장도 유사한 사진들.

방금 전까지 가슴에 피어오르던 훈훈함은 어느새 분노의 아지랑이가 되어 끓어오른다.

"민수란~~ 너 죽었어!"

분노로 으르렁거리긴 했지만 난 스마트폰이 아닌 컴퓨터 키보드를 잡았다.

그리고 해커의 기억을 꼼꼼히 살피며 사진을 없앨 수 있는 방법을 찾기 시작했다.

내 적이 암천회만 있는 것이 아니었다.

8.
양 떼

계절상은 봄이지만 봄은 느낄 새도 없이 지나가고 덥다는 말이 절로 나온다.

수진이 옆에서 뭔가 신호를 보내지만 내 시선은 초록색 나뭇잎이 흔들거리는 교정을 바라보고 있다.

유령 같은 학교 생활은 이미 물 건너갔지만 평온한 학교 생활에 나름 만족하고 있었다.

"이지원."

"네?"

시험 감독으로 들어온 1학년 때 담임 선생님이 살짝 인상을 쓰며 날 부른다.

"시험 시간에 딴짓을 하는 거 보니 다 푼 모양이네?"

"네."

"……."

대충 찍었다고 생각하는지 내가 푼 시험지와 OMR카드를 확인한다.

그러나 미심쩍은 표정은 지우지 않았지만 딱히 할 말이 없는지 시험지와 OMR카드를 놓고 교단으로 간다.

10분 정도 지나자 시험이 끝났고, 잠시 후 2학년 담임 선생님이 들어왔다.

"2학년이 가장 중요한 땐 건 알지? 시험 끝났다고 엉뚱한 짓 하다가 걸리면 혼날 줄 알아."

"네~"

시험이 끝나서일까? 학생들은 교실이 떠나가라 대답을 한다.

"그럼 이상! 지원이는 선생님 좀 볼까?"

2학년 담임 오준현 선생님은 조금 고지식하지만 학생들을 위하는 마음이 남달랐다.

무슨 일일까? 나보다 자신이 더 걱정하는 수진을 뒤로하고 교무실로 들어갔다.

"어서 와라. 오늘 바쁜 일 없니?"

"약속은 있는데……. 상관없어요."

"그래? 그럼 빨리 얘기하기로 하자."

약속이래야 수진, 은경이와 영화 보러 가는 것이었다.

일방적으로 수진이 예매를 해둔 것이다.

"녹차 마실래?"

"네, 선생님."

상담실에 들어가 자리에 앉자 오준현은 차를 권한다.

"오늘 널 부른 건 다름이 아니라…… 네 진학에 관한 얘기 때문이다."

"전 대학 갈 생각 없는데요."

"그래, 학기 초 상담할 때도 그렇게 말했지."

내 미래도 불투명한데 지원이의 미래까지 생각할 여유는 없었다.

그리고 지금은 오직 복수에 전념을 할 생각이었다.

그래서 2학년이 되자마자 진행된 진학 상담에서 대학을 갈 생각이 없다고 분명이 못 박았었다.

"혹시, 보호자가……."

"아뇨. 오빠는 대학에 가라고 하지만 제가 딱히 관심이 없어요."

여자로 대학 생활을 한다는 것이 싫어서일 뿐인데 남들의 눈엔 그렇게 보이지 않나보다.

"그래? 그럼, 졸업 후 뭘 할 생각이냐?"

"글쎄요. 취업이라도 해야겠죠."

"무슨 일을 하려고?"

워낙 진지하고 걱정스럽게 물어보는 오준현의 모습에 내심 당황스러워졌다.

암천회에 복수를 하고 나면 지원이를 어떻게 해야 하는지에 대한 물음을 받은 기분이었다.

어떻게 할까?

스스로에 대한 질문의 답은 이미 은연중에 알고 있었다.

둘로 살 수는 없는 일.

결국 지원이는 다시 코마 상태로 병원에 누워 지내거나 죽음으로 마무리를 해야 할 것이다.

"알았다. 오늘 상담은 이것으로 끝내자꾸나."

내가 잠시 동안 말이 없자 오준현은 상담을 끝냈다.

뭔가 찝찝한 기분은 들었지만 이 자리를 벗어나게 되었다는 것에 만족해야 했다.

"뭐라셔?"

"그냥, 진학 상담."

"그럼, 대학 가는 거야?"

"아니."

"오빠한테 졸라서 같은 학교 가자. 지원아, 응?"

교무실 앞에서 기다리던 수진이가 같은 대학을 가자고 징얼댄다.

"헛소리 계속하면 나 그냥 집에 간다."

"아, 아냐. 우리 영화나 보러 가자."

자연스럽게 좌우로 나와 은경에게 팔짱을 껴오는 수진.

연신 종알대는 수진의 말에 방금 전 느꼈던 찝찝함은 사라진다.

'그래, 지금에 충실하면 그뿐.'

지원의 몸을 어떻게 할지는 나중에 고민할 일이다.

암천회와의 싸움에서 누가 이길지는 미지수니까.

영화 보고 저녁을 먹고 나오니 날은 어둑해지고 있었다.

"이제 뭐할까?"

"하긴 뭘 해! 이제 집에 가야지."

"그래두~ 이게 우리 고등학교 생활에 마지막 날이 될 수
도 있잖아?"

"됐거든. 아까도 그 말해서 저녁까지 먹었으면 됐잖아!"

영화만 보고 집에 가 선음법과 심파술을 수련할 생각이었
다.

하지만 수진의 말처럼 앞으로 수능 준비에 들어가면 이렇
게 노는 것도 마지막.

그래서 특별히 귀찮음을 무릅 쓰고 저녁까지 사줬더니 또
놀자는 수진이다.

"커피나 한잔 더하자. 응?"

"싫어! 그리고 널 기다리는 저 아저씨들도 생각해 줘야
할 거 아냐."

"히잉~"

그녀를 기다리고 있는 경호원을 들먹이자 그제야 포기를
했는지 고개를 숙인다.

"알았어. 한데 지원아 5월 5일 날 뭐해? 아무 일 없음
우리 집에 안 올래?"

"내일모레? 나 그때 약속 있어."

"무슨 약속? 데이트? 중요한 약속 아니면 우리 집
에……."

"중요한 약속이야."

더 들어봐야 또 아이처럼 조를 테니 단박에 말을 잘랐다.

"그, 그래? 그럼, 어쩔 수……."

"그날 수진이 생일이래."

은경이가 대변하듯이 말한다.

"진짜?"

"……."

말없이 고개를 끄덕이는 수진.

본인의 입으로 말하기는 쑥스러웠나 보다.

하지만 5월 5일의 약속은 취소할 수가 없었다.

그날 최하민과 하루 종일 수련하기로 약속된 날이었다. 특히나 선음법의 2단계에 대한 설명이 있는 날이라 다음 날까지 계속될 수도 있었다.

"몇 시부터 하는데……?"

"오후 다섯 시. 중요한 약속이면 너무 신경 쓰지 마. 그냥 엄마가 친한 친구들 있으면 초대하라고 해서……."

"최종민도 초대했냐?"

"응. 선배들도 초대했어."

어쩐지 종민이 녀석 중요한 일이 있다며 4시까지밖에 수련 못한다고 하더니.

"미안, 난 정말 안 되겠다."

"괘, 괜찮아. 히히!"

전혀 괜찮지 않은 표정으로 괜찮다고 말하니 마음에 걸리긴 한다.

하지만 조만간 있을 일을 생각한다면 지원의 실력이 선음법 2단계는 되어야 했다.

"대신……."

"……."

'그런 눈으로 보지 마! 이 고양이 같은 녀석아!'

"오빠 편으로 선물 보낼게."

"승호 오빠?"

"그래. 너희도 한 번 보고 싶다고 했잖아? 오빠한테 말했더니 날짜 잡으라고 했는데 굳이 그럴 필요가 없이 이번에 만나면 되잖아."

"바쁘지 않아?"

"아니, 그날 그 시간은 한가할 거야."

역시 친구보단 연예인이 좋은가 보다.

수진의 눈빛은 실망스런 표정에서 어느새 꿈꾸는 소녀의 그것으로 바뀐다.

"그럼, 내일 학교에서 보자."

"낼 봐, 지원아."

"그래 들어가."

수진이가 집에 가는 길에 은경이를 내려주기로 했고 난 멀지 않은 길이라 천천히 구경하며 가기로 했다.

"유후~ 여름이네."

대학생으로 보이는 남자의 말은 내가 하고픈 말이었다.

짧은 치마, 어깨가 훤히 보이는 옷을 입은 아가씨들이 거리에 넘쳐 났다.

다만, 날 바라보며 하는 말인지라 기분이 나빠졌다.

아무리 적응하려 해도 적응이 안 되는 게 여자로서의 삶

이랄까?

그르릉 크릉! 빠라라라라라라람~

엔진의 굉음과 경적 소리를 울리며 도로를 지나는 오토바이 폭주족들.

'꽤나 시끄럽군.'

꽉 막힌 도로 때문에 소음이 계속되니 자연스레 시선이 그들을 향한다.

"어, 쟤는……."

폭주족 맨 앞에 화려하게 꾸며놓은 오토바이의 뒷자리에 앉아 있는 여자애는 내가 잘 아는 애였다.

김명숙 회장의 딸인 장미나.

학교에서 누구나 인정하는 모범생.

2학년 때도 같은 반이 되었지만 가볍게 눈인사만 할 뿐 친하지는 않았다.

잘못 봤나 싶어 선음법까지 행하며 봤지만 분명 장미나였다.

그릉! 그릉! 그르르르르릉!

운전자들은 폭주족을 보낼 생각인지 길을 터주었고 폭주족들은 다시 움직이기 시작했다.

남자의 등에 기댄 장미나의 표정을 보니 꽤나 익숙한 듯 여유로운 표정이었기에 신경을 쓰지 않으려 했다.

사람들이 누구나 스트레스 해소를 위한 탈출구 하나쯤은 가지고 있듯이 장미나도 마찬가지라 생각했다.

"젠장!"

하지만 왠지 모를 불안감에 따라가기로 했다.

"나 타도 되냐?"

"으, 응?"

"타도 되냐구?"

"무, 물론이지. 타! 타!"

폭주족의 맨 뒤, 막 출발하려는 오토바이를 탔다.

"이 가스통은 뭐냐?"

"짭새들 방어용이지. 헤헤. 출발한다, 꽉 잡아!"

웬 떡인가 싶었는지 남자애는 입이 찢어져라 웃으며 핸들을 돌린다.

아직은 폭주를 하긴 이른 시간인지 신호까지 지켜가며 여의도로 향한다.

"밤에 내가 폭주 제대로 해줄게. 헤헤."

"……"

자기 딴에는 얌전히 가는 것이 미안했는지 헤헤거리는 고등학생쯤 돼 보이는 남자애.

하지만 눈에는 묘한 갈망으로 일렁이고 있었다.

폭주족이 멈춰선 곳은 한강 여의지구.

날씨가 좋아 많은 사람들이 북적이고 있었지만 폭주족이 들어서자 그 근처에 있던 사람들이 밀물처럼 사라진다.

물론, 이 근처에는 경찰들도 많고 이들이 일반인에게 해를 끼칠 수는 없지만 엄한 놈 옆에 있다 돌 맞는다고 피하는 게 상책이었다.

불안감 때문에 무작정 따라왔지만 여기에서는 무슨 일이

벌어질 가능성은 거의 없었다.

그리고 오토바이와 그들이 입고 있는 옷을 보니 대부분 잘사는 집안의 애들이었고, 장미나와도 아는 사이처럼 보였다.

'그냥 갈까?'

하지만 가려고 마음을 먹으면 역시나 가슴이 한쪽이 두근거린다.

결국, 계속 있어 보기로 한 나는 기변면술을 이용해 얼굴을 살짝 바꾸며 옷에 달린 이름표를 뜯었다.

"너 뭐 마실……."

"시원한 걸로."

"아, 알았어."

얼굴이 이상하다고 느꼈는지 고개를 갸웃거리며 음료수를 사러 간다.

최하민은 나에게 가르쳐 줄 때와는 달리 지원에게 기변면술에 대해 상세하게 설명해 줬다.

선음법을 익히면 반드시 익혀야 할 것이 기변면술이라는 이유에서였다.

특히, 선음법 2단계를 깨우치기 전에 반드시 기변면술의 극을 이뤄야 한다고 누차 얘기를 했었다.

"이유가 뭐예요?"

"요즘 너 예뻐졌다는 소리 많이 듣지?"

"생각해 보니 그런 것 같아요. 하지만 그건 친구끼리 하는 얘기죠. 그것과 선음법이 무슨 상관이 있을 리가 있나요?"

"상관있어. 선음법을 배우면 알게 모르게 얼굴이 조금씩 바뀐단다. 나도 이유를 정확히 알 수는 없지만, 내가 생각하기엔 온몸의 균형이 맞춰지듯이 얼굴도 균형을 이루게 되어서 그런 게 아닌가 싶어."

"에이~ 선음법이 무슨 성형수술이라도 돼요?"

"호호! 그건 아냐. 하지만 균형 잡힌 얼굴이 보기에도 좋은 건 알지? 그리고 가꾸기에 따라 얼마든지 바뀔 수 있어."

"얼굴 예뻐지는 거야 환영이지만 기변면술을 반드시 배워야 하는 건 아니잖아요?"

"아냐, 선음법 2단계에 이르면 묘한 마력이 발산돼. 혹시 무협지 읽어봤니?"

"네."

"그럼 얘기가 쉽겠구나. 섭혼술(攝魂術)이라는 용어는 잘 알지?"

"사람을 조정하는 거 말이에요?"

"응. 그와 비슷한 효과를 지니게 된단다. 사람의 마음을 흔드는 마력 같은 것이 생기게 돼."

조금 황당한 얘기였기에 웃으면서 지나갔지만 기변면술에 대한 수련을 많이 하게 된 계기가 된 것은 사실이었다.

"넌 누구니?"

낯선 여자의 목소리에 상념에서 벗어났다.

검은색 모터사이클 복장에 헬멧을 벗으며 보이는 짧은 머리가 꽤나 어울리는 아가씨였다.

"처음 보는 얼굴인데……."

"지나가다가 재밌을 것 같아서 태워 달랬어요."

"……그래?"

방금 전까진 꽤나 호의적인 얼굴이었는데 대뜸 경멸스럽다는 표정으로 바뀐다.

"뭐 잘못됐어요?"

"글쎄, 잘못된 건 아닌데……. 오토바이 뒷좌석에 탄다는 것이 어떤 의미인지는 아는 거니?"

"모르겠는데요."

"참나, 너 정말 큰일 날 애구나. 잠깐, 너 명하고 다니니?"

"네."

내 교복을 확인하곤 다시 표정이 바뀐다.

이번에는 답답하고 안타깝다는 얼굴.

"에휴! 어쩌다가 명하고가 이 지경이 된 거니? 내가 하는 말 잘 들어, 좀 모자란 후배. 폭주족의 오토바이를 탄다는 것은 남자에게 몸을 맡기겠다는 뜻이야. 무슨 말인 줄 알겠니?"

'그래서 아까 그 녀석의 그렇게 기뻐한 거구만. 쩝!'

대충 예상은 하고 있었지만 씁쓸한 기분에 입맛이 썼다.

"그럼, 쟤도 저 남자하고 오늘 밤을 지내는 건가요?"

"누구?"

내가 가리키는 방향을 바라보던 아가씨가 말을 잇는다.

"미나? 미나는 캡틴 오빠의 사촌 동생이야. 너 혹시 미나

아니?"

"아뇨, 몰라요."

짧은 머리 아가씨는 성격이 솔직한 건지는 몰라도 표정을 숨길 줄 몰랐다.

그래서 내가 모른다고 말하자 의심의 눈길로 잠시 바라본 다.

"뭐, 어쨌든 우리 모터사이클 클럽은 다른 폭주족과는 달라. 그러니 다행이라고 생각하고 앞으로 함부로 아무 오토바이나 타면 안 돼."

"그러죠."

"누구 오토바이 타고 왔니?"

"저기, 지금 음료수 사 가지고 오는 애요."

"재호? 정말 호기심에 탔다는 걸 인정할 수밖에 없구나."

재호라는 남자애가 들으면 상처받을 얘기를 스스럼없이 말하는 걸 보면 정말 솔직한 아가씨였다.

"재호한텐 내가 말해 놓을 테니 넌 이만 가봐."

물론, 그녀의 말처럼 당장에라도 집에 가고 싶었다. 하지만 이놈의 예감 때문에 그럴 순 없었다.

"이왕 이렇게 된 거 좀 더 놀다가 갈게요. 다른 폭주족과 다르다니 걱정할 건 없잖아요?"

"훗! 재밌는 애구나. 그래, 그러던지. 난 할 만큼 했으니까."

"어? 누나 아는 애예요?"

"후배. 그러니까 딴맘 먹지 마라."

"……네에."

땀을 뻘뻘 흘리며 음료수를 사오면서도 싱글벙글하던 재호는 실망스런 표정을 감추지 않는다.

그런 그의 마음을 이해는 했지만 딱히 위로할 생각 따윈 없었다.

음료수를 손에 들고 한강을 배경 삼아 웃고 떠들던 이들은 11시가 넘어서야 움직이기 시작했다.

딱히 아는 이 없는 나로서는 지루해 죽을 지경이었기에 선음법을 행하며 버틸 수밖에 없었다.

여의도를 벗어나 자유로로 접어들자 넓은 도로 위를 오토바이들이 달리기 시작한다.

"끼요오오오오옷!!"

재호가 요란한 소리를 지른다.

다른 오토바이들은 빠른 속도로 질주를 하는 것에 비해 재호가 운전하는 오토바이는 갈 지(之)자로 춤을 추듯 움직이며 나아간다.

"기분 죽이지? 캬하하하!"

헬멧을 쓰고 말하는 소리가 일반 사람에게 들릴 리 만무하겠지만 내 귀에는 또렷이 들린다.

여자가 놀라서 심장이 두근거리면 사랑에 빠지기 쉽다는 연구 결과가 있다지만 난 남자였고, 이 정도에 가슴이 뛸 정도로 무섭지도 않았다.

심지어 2차선에 떨어진 동전이 보일 정도로 지루할 뿐이다.

"야! 똑바로 운전 못해!"

헬멧을 때리며 내공을 실어 말하자 잠시 주춤하던 오토바이가 직선으로 빠르게 달리기 시작한다.

'시원하군.'

오토바이에 어떤 매력이 있는지는 모르겠다.

그러나 시원한 바람을 맞으며 달리는 기분은 꽤 상쾌했다.

한참 자유로를 달리던 오토바이는 김포 방향으로 빠져나간다. 그리고 잘 뚫린 국도를 따라 움직인다.

"응? 누구지?"

재호의 소리와 함께 굉음의 오토바이가 빠르게 다가오는 것이 보였다.

그리고 빠른 속도로 우리 곁을 아슬아슬하게 지나갔다.

"저, 저 씨발 놈이……."

꽤나 위협을 느꼈는지 재호의 오토바이는 한쪽으로 휘청거렸지만 다행히도 금세 자세를 바로 잡는다.

'저놈들인가?'

위협적인 오토바이는 벌써 폭주족, 아니, 아까 그 아가씨의 말을 빌리자면 모터사이클 클럽의 맨 선두에 미나를 태우고 있는 오토바이까지 가서 속도를 줄인 뒤 무슨 말을 하고 있었다.

워낙 먼 거리였지만 내 눈에는 틀림없이 시비를 거는 모습이었다.

아나나 다를까, 갑자기 앞에 있는 오토바이들이 속력을

내기 시작했다.

아무리 잘 뻗은 국도라고 해도 지나다니는 차량도 있었고, 한겨울 굳었던 땅이 녹으며 움푹 파인 구덩이도 군데군데 보였다.

그런 위협적인 요소를 아슬아슬하게 피하며 추격전이 시작되었고, 김포 외곽의 아파트 공사 현장에서 끝이 났다.

재호의 오토바이가 도착을 했을 때는 이미 위협적으로 오토바이를 타던 2명은 클럽 멤버들에게 둘러싸여 있었다.

"무릎 꿇어."

"킬킬킬! 우리가 왜 그래야 되는데?"

"좋은 말로 할 때 꿇어라. 아님 약속대로 오토바이는 분해해 버릴 테니까."

"크크크! 씨발 놈아. 내 오토바이 부순다잖아. 그러니까 무릎 꿇자."

"지랄! 왜 부순다는 건데? 이유나 듣자."

많은 사람들에게 둘러싸여 있는 두 명은 전혀 쫀 얼굴이 아니었다.

오히려 사람들의 약을 살살 올리고 있었다.

"아까 그 주둥아리로 말했잖아. 너희들을 잡으면 오토바이를 우리에게 준다고."

"그래서? 킬킬킬!"

"계속 웃지? 좋아, 무릎 꿇으면 용서하려고 했는데 안 되겠다. 얘들아! 부셔 버려."

"아니, 내 말 들어봐. 내가 분명히 그렇게 말했어. 하지만, 난 잡힌 게 아니라고."

"잡힌 게 아니라고?"

"그래. 킬킬킬킬! 이쪽으로 유인한 거지 잡힌 게 아니지."

"뭐?"

미나의 사촌 오빠가 이끄는 클럽의 인원은 나까지 18명.

하지만 이미 30명쯤 되는 인원들이 주위를 에워싸고 있다는 걸 알고 있었다.

라이더(Rider)의 자존심을 긁어 이처럼 으슥한 곳으로 유인을 하다니 꽤나 사악한 놈들이다.

아니, 이런 단순한 계략에 빠진 미나의 사촌 오빠가 멍청하다는 게 더 정확한 표현일 것이다.

"이런! 부잣집 도련님들이 꽤나 과격하시네. 어디 얼마나 잘 부수는지 한 번 볼까?"

느물거리며 나타나는 놈과 에워싼 이들의 손에는 공사장에서 굴러다니는 쇠파이프와 각목이 들려 있었다.

"봐! 씨발 놈아! 잡힌 게 아니라고 했지."

안에서 계속 깐족대던 녀석은 무리가 나타나자 호기롭게 외치며 클럽의 벽을 벗어나 무리로 합류한다.

"문상덕. 이게 무슨 짓이지?"

"장호진, 이 새끼 허세는 여전하네. 크크!"

미나의 사촌 오빠는 둘러싼 무리의 우두머리와 아는 사이인지 앞으로 나서며 말한다.

"지난번 일 때문에 이러는 모양인데……. 아직도 정신 못

차렸나?"

"이 새끼가 아직도 상황 판단이 안 되는 모양이네……."

"컥!"

문상덕은 다짜고짜 미나의 사촌 오빠 장호진에게 주먹을 날린다.

그리고 사정없는 발길질이 계속 이어진다.

공사장 분위기는 삽시간에 조용히 가라앉았고, 클럽 인원들은 기는 한없이 위축되고 있다.

"퉤! 씨발 놈이……. 여기는 너네들 구해줄 경찰도, 경호원도 없어 씨발 놈아! 돈이면 다냐? 돈이면 다냐구, 이 개새끼야!"

"크윽! 컥!"

슬슬 나서야 할 분위긴데 도무지 흥이 나지 않는다.

둘의 원한 관계를 풀기 위한 일이고, 적당한 선에서 합의(?)를 본다면 나서지 않을 생각이다.

하지만 그랬다면 내 예감이 애초에 이상이 없었을 것이다.

"그, 그때 일이라면…… 이미 끝났잖아."

"넌 편하게 여자 끼고 놀 동안 난 깜방에서 6개월이나 썩고 왔는데 돈 몇 푼에 사과하면 끝이냐? 난 원한을 가지면 죽기 전까지 잠도 못 자는 성격이야, 이 개새끼야."

"커억! 이, 이번 일이 밝혀지면……."

"걱정 마, 새끼야. 이번에는 여기 있는 전부가 입도 벙긋 못하게 해줄게. 저기 있는 년이 너 이거냐?"

"걔, 걘 안 돼! 큭!"

"아갈 닥쳐라. 여기 있는 30명이 다들 굶주린 놈들이거든. 또, 저기 있는 놈은 성인영화 찍는 곳에서 촬영 아르바이트도 해봤다더라."

"킬킬킬! 내가 아주 화끈하게 찍어줄게."

깐족대던 놈이 카메라를 들고 혀까지 핥으며 묘한 표정을 짓는다.

"일단, 우리가 한쪽을 뚫을 테니까. 여자들은 무조건 튀어서 경찰서에 연락해."

클럽 멤버 중 그래도 냉정하게 사태를 파악하는 사람이 있었다.

그가 낮은 말로 소곤거렸지만 그 한 사람을 제외하곤 몸이 굳어 성공할 가능성은 없어 보였다.

"어설프게 도망가면 무조건 실패야. 내가 일단 저들의 시선을 분산시킬게. 그 다음 도망가라고 하면 앞쪽으로 빨리들 튀어."

"넌 누군데 그런 소리를……."

"이러쿵저러쿵 할 시간이 많지 않아. 꼭 기억해 도망가라고 소리치면 무조건 뭉쳐서 튀어! 뒤쪽이 아니라 앞쪽이야!"

클럽 멤버의 어이없는 표정을 뒤로 하고 앞으로 나서며 소리쳤다.

"잠깐!"

"뭐냐? 저년은?"

"씨발 졸라 못생겼네. 줘도 안 먹겠다."

"지랄! 몸매는 괜찮잖아. 뒤로 하면 돼. 크크크!"

……

으득! 한마디했더니 말로는 표현 못할 30개의 욕이 날아온다.

인내심은 어느새 바닥까지 내려갔지만 어금니를 꽉 물고 참는다.

"너희 둘이 무슨 일이 있었냐? 당하기 전에 이유라도 좀 알자."

"미친년. 두려움에 미쳤구나."

"킬킬킬! 완전 걸작인데."

또다시 들리는 욕들을 차곡차곡 안으로 쌓아두고 난 문상덕을 뚫어져라 쳐다봤다.

"크크크! 그래, 이유라도 알아야 덜 억울하겠지. 이 새끼랑 나랑 한때 같은 폭주족에 있었거든. 그러다 어느 날 냄비가 뒷자리에 탔고, 둘이 사이좋게 나눠 먹었어. 한데 그년이 짭새한테 꼰질러서 경찰서에 잡혀갔지."

정말 섭혼술 같은 능력이 있는 건가?

의외로 문상덕은 순순히 입을 열었다.

"그런데, 이 새끼 부모가 와서 그러더군. 나 혼자 독박 쓰면 돈을 주겠다고. 그래서 그렇게 했지."

"얼마나 받았는데?"

"오천."

"그래서?"

"그래서는 무슨 그래서야. 나 혼자 깜방에 갔다 왔으니 억울해서 복수를 하겠다는 거지."

참 어이없는 놈이다.

그럼, 돈을 받지를 말고 같이 깜방에 가던가.

패도 이유나 알고 패자고 생각했던 내가 병신이다.

"미친 새끼."

"나한테 한 소리냐? 으득!"

"그래 이 개새끼야! 돈을 처먹지 말든가. 사람 같은 구석이 있으면 좀 봐주려고 했더니 완전 개 쓰레기잖아!"

"이…… 케엑!"

더 이상 욕을 듣기가 싫었다.

욕먹으면 장수한다던데…….

오늘 먹은 것만 해도 한 100년은 더 살 수 있을 정도다.

"튀어!"

문상덕의 턱에 주먹을 꽂으며 소리쳤다.

"뭐, 뭐야! 큭!"

"저년 잡…… 우욱!"

난 앞에서 가로막고 있는 녀석들 중 특히 위험한 무기를 꺼내는 놈들을 처리한다.

사실 30명이 동시에 덤벼도 2분 안에 처리할 수 있고, 죽인다면 그보다 빠른 시간 안에 가능할 정도로 현재 이지원은 강하다.

선도술을 속도 위주로 배운 나와는 달리 심파술을 보법과 함께 체계적으로 배운 이지원의 실력이 이런 경우에는 훨씬 빛을 발했다.

문상덕 일행도 차츰 당황에서 벗어나 각목을 휘두르고 있지만 이미 한쪽이 무너져 내렸고 클럽 멤버들은 쓰러진 장호진을 끌고 도망치기 시작했다.

"저, 저놈들 잡……."

퍽!

막 다시 일어나 명령을 내리려는 문상덕은 돌면서 휘두르는 팔꿈치에 맞아 비명도 못 지르고 다시 쓰러진다.

장호진 일행을 쫓는 이들도 내 손에 맞아 쓰러지고 공사장에는 나와 문상덕 일행만 남게 되었다.

정적.

뒤쪽에서 에워싸고 있던 놈들은 주위를 돌아보며 멍청히 있었고, 맞고 쓰러졌던 놈들도 하나둘씩 다시 일어난다.

'꽤 멀리도 도망가는군.'

장호진 일행이 어느 정도 멀어졌다는 걸 느끼고 앞을 보니 방금 전까지 싸울 의지가 없어 보이던 놈들이 다시 기세가 오르는 것이 보인다.

"호호! 나 혼자 남았다고 다시 기세가 오르는 모양인데……. 착각 마! 이런 상황은 내가 만든 거니까."

드라마처럼 멋지게 한마디하려 했지만 여자인 지원의 목소리로는 역시나 맛이 안 산다.

"미친년! 내가 아주 죽여 버린다. 킬킬킬!"

싸움이 시작되자 부리나케 몸을 피하던 재수 없는(우리를 유인했던) 놈이 다시 얼굴을 내밀며 재수 없게 군다.

"그래, 언제까지 킬킬대는지 보자!"

더 이상 주절거리는 것 자체가 웃기는 일이다.

저들이 온몸으로 잘못을 뉘우치도록 가르침을 줄 생각이다.

양 떼들 속으로 몸을 날린다.

9.
누구에게나 사연은 있다

"이대로 다 도망가면 그 애는 어쩌자는 거예요!"

장미나의 외침에 도망가던 일행은 일순 걸음을 멈춘다.

"그, 그래. 빨리 경찰에 신고하자."

한 명이 말을 꺼냈지만 막상 서로의 눈치만 볼 뿐 전화기를 꺼내는 사람들은 없었다.

신고를 하면 분명 경찰 조사를 받게 될 것이고 그렇게 되면 부모님의 귀에 들어갈 것은 불 보듯 뻔한 일.

위험에서 벗어나자 이제는 자신이 혼날 일이 우선이 된다.

장미나는 지금까지 항상 호기롭게 행동하던 이들의 실체를 깨닫고 실망스러운 표정으로 바뀐다.

"내가 신고할게. 그리고 여자들은 먼저 집으로 돌아가.

특히 미나 넌 이번 일은 무조건 모른 척해."

아까 도망가라고 의견을 냈던 병욱이 핸드폰을 꺼내 경찰
서에 신고를 한다.

"신고를 했으니까 늦어도 30분 안에는 경찰들이 도착할
거야. 그러니 일단 호진이 하고 미나, 혜지는 요 도로에서
택시 타고 병원으로 먼저 가. 그리고 다른 사람들은 상황을
봐서 그 애를 구해내자."

"……."

병욱이 의견을 냈지만 분위기는 싸늘했다.

어느 누가 30명이 있는 곳에 들어가고 싶겠는가?

"혜지 언니. 호진이 오빠 병원에 가봐야 할 것 같으니까
언니가 좀 데려다줘요. 전 여기서 경찰이 올 때까지 기다릴
래요."

장미나도 그 애가 걱정이 되긴 했지만 당장에라도 도망가
고 싶은 마음이었다.

하지만 지금 이 자리를 벗어나면 평생 죄책감에 시달릴
거라는 생각에 떨리는 다리에 힘을 주며 말했다.

"안 돼. 병욱이 말대로 넌 나랑 같이 가자."

짧은 머리의 혜지가 미나의 팔을 끌어당기려 했지만 미나
는 완강히 버텼다.

"넌 미성년자야. 그리고 너희 엄마가 알게 되면……."

"상관없어요. 저도 경호원들 부를 생각이니 너무 걱정 말
고 오빠 병원에 데려다 주세요."

"휴우~ 난 모르겠다."

혜지는 단호한 미나의 눈빛에 결국 포기를 한다.

"호진이 부축할 사람이 필요해."

"제가 갈게요."

"아니, 내가……."

"우리 집이 병원하잖아. 그러니까 내가 데리고 갈게."

서로 부축하며 가겠다고 싸우는 모습에 미나는 고개를 흔들며 경호원들에게 전화를 한다.

혜지와 한 명이 호진을 부축하고 간 다음이 문제였다.

아무도 먼저 폭주족이 있는 곳으로 들어가자고 말하는 사람이 없었다.

심지어 아까까지 멤버들을 주도하던 병욱마저 망설이고 있었다.

"저…… 제가 잠깐 안에 상황 좀 보고 올까요?"

"오! 그 좋은 생각이다."

"그래, 일단 상황을 보고 결정하자."

그때, 주뼛거리던 재호가 입을 열었고 모두들 옳다구나 반색을 한다.

임재호는 그런 일행의 행동에 어이가 없었다.

하지만 겉으로는 이제는 습관화돼 버린 웃음을 짓는다.

재호는 모터사이클 클럽의 멤버이긴 했지만 사실 알고 보면 심부름꾼이나 다름없었다.

재호의 아버지는 장호진 부친의 운전기사셨다.

그래서 우연찮게 장호진이 사고를 친 이후, 그의 일거수일투족을 감시하는 스파이 아르바이트를 맡게 되었다.

물론, 감시의 대가로 대학 등록금을 받고 있었고, 좋아하는 오토바이를 실컷 탈 수 있었으므로 꽤나 좋은 아르바이트였다.

또한, 자신을 무시는 했지만 이들과 어울리며 맛본 상류 사회의 생활에 흠뻑 빠진 그였기에 이번 기회에 점수라도 따볼 생각으로 한 말이었다.

'그냥 얌전히 있을 걸.'

막상 공사 현장이 가까워지자 두려움에 다리가 후들거리는 건 어쩔 수 없었다.

"……!"

퍽! 퍽!

조용한 공사 현장에서는 누군가 말하는 소리와 함께 때리는 소리가 간간이 들린다.

상황을 보러온 것뿐 결코 나설 생각이 없었던 재호는 입구에서 좀 떨어진 공사장 울타리의 틈새로 조심스레 안을 보았다.

'헉!'

비명을 지르며 처절하게 놈들에게 당하고 있을 여자애를 상상했지만 안의 상황은 너무나도 뜻밖이었다.

흰 와이셔츠에 짧은 교복 치마를 입은 여자애는 긴 머리를 질끈 묶고 땅바닥에 널브러진 폭주족 한 명을 패고 있었다.

"……맞아야 ……차리지."

뭐라고 중얼거리며 패던 여자애는 맞던 놈이 정신을 잃자

다시 옆에 사람을 패기 시작한다.

"꿀꺽! 헙!"

불과 몇 시간 전까지 약간은 건방졌지만 연약해 보이는 소녀가 죽겠다 싶을 정도로 사람을 때리는 모습에 자신도 모르게 침을 삼키다 그 소리에 놀라 입을 막는다.

다행히 눈치를 채지 못했는지 여자애는 또 다른 사람을 밟고 있었다.

'참, 찰지게도 팬다. 그런데, 도대체 뭐라고 중얼거리는 거야?'

두려움은 사라지고 호기심에 재호는 공사장 주위의 펜스를 돌아 안으로 숨어들어 갔다.

"……백치기에, 성폭행, 도둑질까지. 죽어라, 죽어! 화학적 거세? 내가 아주 물리적 거세를 시켜주마!"

"사, 살려…… 윽! 아악!"

"넌 고등학교 1학년이 벌써부터 이러면 어쩌냐? 다른 놈들보다 죄질은 약하지만 그대로 놔두면 이놈들과 똑같은 놈이 되겠지?"

"흑! 으흑! 살려주세요, 누님. 저, 절대 나쁜 짓 안 할게요."

"안 돼! 몸으로 겪어봐야 남들의 고통을 알게 되겠지."

"악! 윽! 제, 제발. 제가 불우한 가족 환경에서 살아서……."

"그냥 적당히 버릇만 고쳐 주려고 했더니……. 불우한 환경? 네 어머님이 그토록 고생하시면서 널 키웠는데 불우해?

오냐! 진정 불우한 게 뭔지 알게 해주마!"

'혹시 저 애 폭주족과 원한 관계가 있었던 거 아냐? 그래서 저들에 대해 철저히 조사를 한 건가?'

재호는 한 명 한 명의 범죄 사실을 나열하며 그에 맞게 두들겨 패는 여자애의 모습에 공포를 느낄 정도였다.

그리고 남자의 소중한 곳을 사정없이 밟을 때는 자신도 모르게 움찔거리게 된다.

'지, 지옥이다.'

이리저리 팔다리가 뒤틀린 폭주족이 거품을 물고 쓰러져 있는 그로테스크한 모습에 화를 내며 또 다른 이를 박살내고 있는 여학생.

처음 봤을 때는 연예인처럼 예쁜 모습이었는데 어느 순간 약간 못생겨졌을 때는 조명 때문에 잘못 봤다라고 생각했었다.

하지만 지금 보는 여학생의 얼굴은 흉신악살이 따로 없었다.

"너 재호라고 했지?"

"아, 예! 예!"

더 이상 보고 있을 수 없어 돌아서 가려던 재호는 자신을 부르는 여학생의 목소리에 반사적으로 예라고 답한다.

"경찰에 신고했어?"

"예!"

"얼마나 있으면 올 것 같아?"

"네?"

"경찰 말이야, 경찰."

"아, 네. 10분 정도면 도착하지 않을까 싶은데요."

"그래? 그럼 오토바이 시동 걸어 놔."

"오토바이 시동은 왜요?"

"나도 도망가야 할 것 아냐. 짐승 같은 놈들이지만 이 지경으로 만들었는데 경찰한테 잡히면 내가 어떻게 될까?"

"네, 네!"

재호는 두말없이 자신의 오토바이로 달려가 시동을 걸었다.

"아, 안 가십니까?"

"잠깐, 마무리를 지어야지. 야! 문상덕 깨어난 것 알고 있으니까 쓰러진 척하지마."

재호가 보기엔 여학생은 정말 나쁜 년처럼 보였다.

두 다리가 각기 다른 방향으로 꺾여 있는 문상덕을 발로 툭툭 차며 깨우는데 그가 오히려 불쌍해 보였다.

"그, 그만……하세요."

울먹이며 말하는 문상덕. 하지만 나쁜 년은 전혀 개의치 않고 자신의 할 말을 한다.

"너 원한을 가지면 잠도 못 잔다며? 난 말이야 누군가가 나를 노리면 잠을 못 자거든. 그래서 이대로 헤어지면 너도 나도 잠을 못 자게 되는 거잖아, 안 그래?"

"아, 아닙니다. 으윽! 절대 원한 같은 건……."

"아냐, 아냐. 넌 분명 그러고도 남을 놈이야. 그래서 세 다리로 만족 못하겠어. 그래! 복수를 하려고 해도 두 손이 말을 안 들으면 못하겠지? 넌 잠을 못 자도 되는데 난 자야겠어."

"아, 안 돼! 아아아아악! 크윽, 켁!"

임재호는 차마 그 장면을 보지 못하고 고개를 돌렸다.

하지만 귓속으로 파고드는 뼈 부러지는 소리가 뇌로 박히듯 크게 들려온다.

"이힉!"

두 손으로 귀까지 꼭 막고 있던 재호는 누군가가 어깨를 건드리자 기급을 하며 놀란다.

"뭘 그리 놀라?"

"……."

"가자."

오토바이에 앉으며 허리에 손을 감는 악녀!

아까까지만 해도 뒤에서 감아오는 손길에 피가 뜨거워졌는데 이제는 마치 악마의 손길에 닿은 것처럼 차갑게 피가 식는다.

"저, 저들은 죽었어요?"

"아니, 앞으로 두 번 다시 나쁜 짓 할 수 없게 해뒀지."

'나쁜 년. 차라리 죽이지.'

재호는 나쁜 년이 아니었으면 어찌 되었을지도 생각 못하고 계속 투덜대며 핸들을 돌렸다.

"그냥 달려."

"나쁜……, 여자애는 무사하니까 모두들 튀어요!"

멀리서 클럽 일행이 손을 흔드는 모습에 속도를 줄이려던 재호는 나쁜 년의 말에 다시 속도를 올린다.

재호가 누군가를 태우고 오는 모습에 안도의 한숨을 쉬던 장미나는 오토바이 뒤에 앉은 여자애와 눈이 마주쳤다.

"고마……."

하지만 인사도 하기 전에 쌩하니 사라지는 오토바이.

"재호가 방금 뭐랬냐?"

"튀라고 했어요."

병욱은 잠시 그들이 나온 공사 현장과 이제 불빛만 보이는 오토바이를 바라보다가 일행을 데리고 뛰기 시작했다.

그들의 귀엔 멀리서 들리는 경찰차 소리가 어서 도망가라는 신호처럼 들리는 모양이다.

◆　◆　◆

"지원아! 좋은 아침!"

"으~ 머리 울린다. 좀 조용히 말해."

"왜? 감기 걸렸어."

"아냐. 그냥 머리가 좀 무거워서 그래."

교문에서 만난 수진이 반갑게 인사를 했지만 상대할 기분이 아니었다.

몸이야 폭주족을 패면서 먹어 치운 기 때문에 날아갈 정도로 가뿐했지만 30명의 기억을 읽고 난 후유증은 컸다.

대부분 불필요한 기억이었기에 삭제를 했지만 여운이 쉽게 가시질 않는다.

교실에 들어가자마자 책상에 머리를 박고 누웠다.

'이러고 있으니 그나마 좀 낫군.'

"나 좀 볼래?"

익숙하면서도 낯선 목소리.

하지만 내 주위에 다가오는 기운을 못 읽을 정도로 넋을 빼고 있진 않았다.

"왜? 미나야."

머리를 들며 말을 했지만 장미나는 대답 없이 따라오라는 건지 교실 문을 나선다.

"너 미나랑 무슨 일 있어?"

"무슨 일은……."

따라오려는 수진이를 의자에서 못 일어나게 누른 후, 장미나를 따라갔다.

"잠도 못 잤을 텐데. 커피 마실래?"

1층 자판기 앞에서 캔 커피를 뽑아 건넨다.

"고마워. 한데, 무슨 할 말 있어?"

햇수로 2년간 같은 반이었지만 이렇게 길게(?) 얘기해 본 적은 단 한 번도 없었다.

말하는 걸 들어보면 대충 짐작은 된다.

하지만 그게 나라는 증거는 어디에도 없었기에 일단 모른 척하기로 했다.

"풉! 뭐 굳이 아니라고 한다면 어쩔 수 없지만……."

빤히 아래위로 훑어보더니 웃는 장미나.

뭔가 증거가 될 만한 것이 있나 살펴보지만 딱히 눈에 띄는 건 이름표밖에 없었다.

바느질을 꼼꼼히 한다고 했지만 기계로 한 것과 비교하면 허접하기 이를 데 없다.

"무슨 말을 하는지 모르겠다. 알아듣게 말해줄래?"

"아냐. 그냥 고맙다는 얘기를 하고 싶었을 뿐이야. 고마워!"

장미나의 말과 표정에 진심이 담겨져 있었다.

'그래. 괜찮아서 다행이다.'

그것 때문에 잠깐 사실대로 말할까 싶었지만 속으로만 받기로 했다.

"할 얘기 끝났어. 이제 수업 시작하겠다. 들어가 볼까?"

장미나는 대답을 듣지 않았지만 마치 들은 사람마냥 홀가분한 표정으로 말한다.

"싱겁기는……."

"참!"

"또 뭐?"

앞서 계단으로 올라가는 장미나가 갑자기 돌아서며 말한다.

"우리 학교에 너만큼 짧은 교복을 입는 애들은 몇 명 없어. 그리고……."

"그리고?"

"너처럼 칠칠맞게 속옷이 다 보이게 행동하는 애들은 없어."

"……."

"토끼 속옷은 그만 입는 건 어때? 히히히!"

그 말을 끝으로 장미나는 교실로 뛰어갔다.

그런가? 칠칠맞은 행동 때문에 알게 된 건가?

이왕 들킨 것 '왜, 어제처럼 그러한 행동을 했느냐고?' 물어보고 싶었다.

그러나 누구에게나 사연은 있는 법.

모른 척하는 것도 나빠 보이지 않는다.

장미나가 어제 일을 여기저기 소문내고 다닐 애는 아니니 모두 잘 해결된 셈이다.

하지만 앞으로 몸가짐에 주의를 기울여야겠다.

"니 빤스도 다 보이거든. 리본이 뭐냐, 유치하게."

들을 사람은 이미 없어졌지만 혼잣말로 중얼거리며 계단을 올라간다.

"이, 이지원!"

하지만 계단 위에는 치마를 누르고 수치심에 부들거리는 1학년 때 담임 선생님과 고개를 돌린 채 웃고 계시는 2학년 담임 선생님이 계셨다.

"선, 선생님 오해세요."

"오해고 뭐고 1교시 끝나고 교무실로 와!"

하필이면 선생님도 리본 달린 속옷을 입고 오신 모양이다.

아무래도 평온한 학교 생활도 힘들어 보인다.

＊　＊　＊

　정면으로 도(道)라는 글씨가 크게 적힌 어두운 도장 안에
는 암천회의 노사라 불리는 노인이 음산한 주문을 외우며
앉아 있다.

　노사가 앉아 있는 주변을 자세히 보니 이상한 도형이 그
를 중심으로 얼기설기 그려져 있다.

　"……움 이그로노 사잇타이젠……."

　주문이 계속될수록 도형은 더욱 붉은색으로 물들었고 어
두운 도장은 마치 지옥도의 한 장면처럼 검붉은색이 요동친
다.

　"언제 봐도 소름이 끼치는군."

　도장의 한쪽 구석에 석상처럼 앉아 있던 사람이 낮게 중
얼댄다.

　붉은빛이 일렁일 때마다 얼핏 보이는 얼굴은 삼행그룹 총
수 이정효였다.

　"이제 마지막인가 보군."

　검붉었던 실내는 이제 완전히 붉은색으로 바뀌었다.

　그리고 순간, 노인의 몸에서 하얀빛이 폭발하듯 일어났
다.

　밝은 빛에 눈을 감았던 이정효가 눈을 뜨자 실내는 다시
한 치 앞도 볼 수 없는 어둠으로 돌아와 있었다.

　"고생하셨습니다, 노사."

　잠시 기다리던 이정효는 노사가 움직이는 기척을 느끼자

불을 켜며 말했다.

"허허! 이제 이 짓도 못하겠소, 회주."

힘겹게 일어난 노사는 한쪽에 마련된 편안한 의자에 지친 몸을 눕힌다.

"또다시 천기를 읽는 일은 없어야지요."

"그래야 할 텐데……."

"왜? 결과가 좋지 않습니까?"

"허허! 결과를 볼 수 없다는 건 잘 알지 않습니까?"

"그야 그렇지만 짐작은 하시지 않습니까?"

"회주의 말씀대로 천기를 살피다 보면 결과를 대략적이나마 유추할 수는 있습니다. 하지만 이번 경우에는 어떤 것도 유추할 수 없을 만큼 아주 짧은 순간만을 봤습니다."

"음……."

암천회 회주인 이정효는 까칠까칠한 턱을 만지며 생각에 빠진다.

최근 암천회 회원 중 다섯 명이 목숨을 잃었다.

그들 모두가 지병이나 심장마비로 인한 자연사였지만 너무나도 갑작스러운 죽음이었기에 정신 이동자의 소행이 아닐까라는 의심을 했었다.

물론, 노파심일 가능성도 높았다.

정신 이동자의 소행이라기엔 너무나도 평범했고, 그들의 재산도 손댄 흔적이 없었다.

그래도 불안감을 떨치지 못해 최대한 빨리 정신 이동자를 처리하기 위해 노사에게 천기를 읽어줄 것을 부탁했다.

당연 천기를 읽고 나면 금방 정신 이동자를 잡을 거라 낙관을 하면서 말이다.

　"너무 걱정 마세요, 회주. 최대한 많은 인원을 투입할 생각이니 놈을 잡을 수 있을 겁니다."

　"노사께서 그렇게 말씀해 주시니 한결 편하군요. 노사께서 우리 집안을 지켜주고 있다는 걸 알면서도 정신 이동자가 노리고 있다고 생각하니 불안한 마음이 들어 노사를 귀찮게 해드렸습니다."

　"아닙니다. 제가 당연히 해야 할 일인데요. 허허허허!"

　"제가 도울 수 있는 것은 뭐든지 돕겠습니다. 필요한 게 있으면 뭐든 말해주십시오."

　"뭐든이라……."

　찰나의 순간, 노사의 눈빛이 탐욕으로 물들었다.

　하지만 워낙 순간적으로 나타났다 사라진 눈빛이었기에 이정효는 보지 못했다.

　"허허허! 아닙니다. 반대 세력에서 무술을 배운 놈이라 일반인들은 아무리 투입해 봐야 괜히 방해만 될 겁니다."

　"그럼, 돈이라도 충분히 지원을 하겠습니다."

　"감사합니다, 회주."

　"저희 사이에 감사라니요. 그래, 그가 나타날 곳은 어딥니까?"

　"신욱일이 있는 곳입니다."

　"지하경제계의 거물인 신욱일 회원 말입니까?"

　"그렇습니다."

"하하하하! 놈이 상대를 잘못 골랐군요. 신욱일이라면 승천파의 실제적인 주인 아닙니까? 거기에 선도회의 고수들까지 합세한다면 놈이 어떤 수를 쓴다고 해도 빠져나가기 힘들 것입니다."

이정효는 기분 좋게 웃는다.

"그렇게 되겠지요. 허허허!"

노사는 웃고 있는 이정효를 보며 같이 웃었지만 눈은 웃지 않았다.

그의 눈 깊은 곳에는 아까와 같은 탐욕의 불길이 타오르고 있었다.

◆　◆　◆

5월 5일 어린이 날.

고아원에서의 기억 때문인지 어린이도 아닌데 이 날만 되면 왠지 선물이 받고 싶어지고 설렌다.

한데, 기적이 일어났다.

하민의 집에 가니 최철민과 최하민이 선물을 준 것이다.

어린이 날 선물이라고 말은 안 했지만 어떤 마음으로 줬는지 짐작했기에 감사히 받았다.

"뭐가 그리 즐거우세요?"

선도술을 수련 중이던 최종민이 수련을 멈추고 묻는다.

"신경 쓰지 말고 선도술이나 하셔."

"쳇!"

뒷말은 들리지 않았지만 분명 욕하는 게 틀림없다.

하지만 오늘은 기분이 좋으니 용서해 주기로 했다.

"어린이 날인데 너도 선물 줄까?"

"제가 한두 살 먹은 어린앤가요? 굳이 해주실 거면 지원이에게 해줬다는 내공 주입이나 한 번 해주세요."

"됐거든."

"치잇!"

이 자식이 정말!

누군 안 해주고 싶어서 안 해주냐? 못하니까 못해주는 거다.

종민이 우리 집에 선양법을 배우러 오지만 딱히 내가 가르쳐 줄 것은 없었다.

그래서 선도술을 열심히 하면 선양법도 진전이 있을 거라고 말하긴 했지만 딱히 믿는 눈치는 아니었다.

한데, 하민에게 거짓말로 말했던 내공 주입을 진심으로 믿는지 수련하는 틈틈이 내공 주입을 해달라고 졸랐다.

지원이의 몸으로 하민에게 받는 게 있으니 나도 내공 주입을 해볼까 싶다가도 혹시나 무협지에 나오듯이 주화입마라도 걸릴까 싶어 실행을 못하고 있었다.

물론, 내가 저 색골남아에게 점핑을 해 선양법을 행할 수도 있었지만 그렇게까지 하고픈 마음은 전혀 없었다.

"……기생 오……."

'윽! 이 자식이 보자보자 하니까.'

아무리 좋게 넘어가려 해도 넘어갈 수가 없다.

'내가 얼마나 사악한 놈인지 아직 못 깨달은 모양인데 이번 기회에 아주 제대로 교육시켜 주마.'

어떻게 종민을 놀려줄까 생각하다 좋은 아이디어가 떠올랐다.

"내공 주입은 못해줘도 내가 어떻게 선양법 2단계에 도달했는지는 알려줄 수 있는데……."

"정말입니까?"

은근히 관심을 보이는 종민.

"그런데, 그 방법이 좀 위험해. 나도 죽을 뻔했거든."

"어떤 방법인데요?"

"선양법 2단계가 뭐냐? 바로 피부호흡, 즉 기를 피부로 받아들이는 거 아니냐. 그러기 위해선 피부로 호흡이 가능한 수준에 도달해야 하는데 쉽게 되겠냐?"

어느새 선도술을 멈추고 내 말에 집중한다.

"내가 고문을 당한 적이 있는데……."

"에이~ 뻥치지 마세요. 고문은 무슨……."

"정말이야. 뭐, 듣기 싫으면 관두고."

"아, 아니에요. 말해보세요."

또다시 기분이 나빠졌지만 잠시 후 통쾌한 복수를 할 수 있다는 생각에 말을 이었다.

"근데, 그 고문이 물고문이었어. 쇠사슬에 매달려 물속으로 들어갔다 나왔다를 반복하다가 정말 죽기 직전에 선양법 2단계에 이르렀지."

"……."

"하지만, 절대 해서는 안 될 방법이야. 정말 죽을 수도 있거든."

일단 미끼는 던졌다.

종민은 내 말이 거짓말인지 진심인지 알고자 가재미 눈으로 계속 쳐다보고 있지만 100%로 사실이니 꺼릴 것도 없었다.

"목욕탕 좀 써도 돼요?"

'물었다!'

"물론이지. 마음껏 써. 대신 절대 무리하면 안 된다."

"알았어요."

목욕탕으로 들어가 욕조에 물을 받는 소리에 난 터져 나오는 웃음을 참아야 했다.

"혹시 위험할지 모르니 옆에서 봐줄게."

구경할 속셈으로 욕실 문 앞에 의자까지 놓고 앉았다.

종민은 물이 차자 다짜고짜 머리를 욕조로 박는다.

"어푸~~!!"

확실히 일반인보다 훨씬 오래참기는 하지만 금세 물에 빠진 생쥐가 되어 나온다.

"쉽지 않네요."

"크크크, 쉬우면 누구나 금세 하게."

풍덩!

내 말이 채 끝나기도 전에 다시 욕조로 머리를 넣는 종민.

한두 번은 웃겼는데 횟수가 많아질수록 마음이 조급해진다.

그리고 30분이 넘어가자 이미 재미는 사라지고 혹여나 잘못될까 마음을 졸이게 된다.

"야, 그만해."

"어푸! 허억허억! 생각보다 쉽지 않네요. 허억! 숨이 막히니까 저도 모르게 고개를 들게 되네요."

"당연하지. 생존 본능이 있는데 가능하겠냐? 이제 충분히 됐으니까 나와서 좀 쉬어."

"좀 더 해볼게요."

"……"

도대체 뭐 때문에 저토록 필사적인지 모르겠다.

물론, 반드시 필요하니까 하민이 선음법과 교환을 하자고 했을 것이다.

하지만 종민이도 저러는 것을 보면 꽤나 절실한 일인가 보다.

"그만하라고, 이 자식아!"

비록 덩치는 산만 한 녀석이지만 아직까진 청소년에 불과한 종민이다.

결국 난 그의 어깨를 잡아당겼다.

"허어억! 허어억! 안 되겠어요."

"그래. 내가 다른 방도를 꼭 알아봐 줄 테니 이제 그만하자, 응?"

"이대로는 안 되겠어요. 이번엔 형이 절 고문한다 생각하고 머리를 눌러주세요."

"미친놈……."

"안 해주실 거면 방해되니 나가주시고요."

답답한 녀석이라는 건 알고 있었지만 도무지 내 말을 듣지 않는다.

당장 그만두게 만들어도 집에 가서라도 계속할 녀석이었다.

"오냐! 이번에도 안 되면 끝내는 거다?"

"당연하죠. 안 되는 걸 알면서도 계속할 정도로 미련하지는 않아요."

아니다. 이 녀석이라면 분명 계속하다가 욕조 속에서 죽을 가능성이 높았다.

'괜히 장난친다고 했다가 이게 무슨 꼴인지.'

이미 엎질러진 물.

완전히 포기하게 만드는 것이 좋았다.

"도저히 못 참겠다 싶으면 팔로 허벅지를 세 번 두드려, 오케이?"

"네."

이왕 할 거면 성공했으면 좋겠다는 심정으로 내가 고문을 당했던 그때처럼 하기로 했다.

"선양법을 계속해야 되고, 못 참겠다 싶으면……."

"알았어요. 허벅지 세 번. 됐죠?"

난 의자에 올라가 선양법을 행하며 종민을 거꾸로 들고 물속으로 넣었다.

아까보다 더 오랜 시간을 버티고 있었지만 숨을 참느라 온몸에 힘이 들어간 종민의 파닥거림이 끔찍할 정도로 나에게 전달된다.

그래서 허벅지를 한 번 치자마자 끌어 올렸다.

"세, 세 번 칠 때까지 기다려 주세요. 본능적으로 쳤을 뿐이에요."

"알았다."

징그러운 놈.

그래 죽기 직전까지 해보라는 심정으로 다시 팔을 내렸다.

이러기를 몇 차례. 종민은 더할 수 있을지 몰라도 난 더 이상 할 수가 없었다.

이건 수련이 아니라 학대였다.

"마, 마지막으로 딱 하, 한 번만 더해요."

"진짜 마지막이다."

이미 많이 지친 종민은 고개를 끄덕이는 걸로 대답을 대신한다.

'위험한 것 아냐?'

지칠 대로 지친 종민이 이번엔 정말 한도까지 참는지 도무지 허벅지를 두드릴 생각을 않는다.

1초가 이렇게 길게 늦겨지다니…… 막 꺼내야겠다고 생각하는데 종민이 허벅지를 두드린다.

한 번…… 두 번……!

"젠장!"

막 세 번째 두드리던 종민이 축 늘어졌다.

재빨리 꺼내 급한 대로 욕실 타일 위에 눕히고 숨소리를 체크한다.

숨이 멈춘 종민.

"내가 미친놈이지!"

난 급하게 인공호흡을 실시했다. 그리고 심장 마사지.

"하나, 둘, 셋, ……열다섯, 열여섯!"

다시 인공호흡.

"커어어어억! 콜록콜록!"

다행히도 종민의 숨이 터졌다.

"……휴우!"

아무 생각도 나지 않았다.

안도의 한숨을 쉬고 나도 모르게 욕실에 주저앉아 다시 숨을 쉬는 종민을 본다.

마음이 어느 정도 진정이 되자 욕설이 튀어나오려 했지만 삼킨다.

손을 올려 눈을 가리고 있는 종민의 어깨가 가느다랗게 떨리고 있는 것이 보였기 때문이다.

'무엇이 널 그렇게 절실하게 만드는 거니?'

하지만 그 역시 묻지 못했다.

다만 마른 수건을 얼굴에 던져 주고 욕실에서 나왔다.

10.
함정

　물고문(?)에서 죽다 살아난 종민에게 점핑을 한 다음 기억을 읽은 후에야 왜 그리 필사적인지 알게 되었다.

　자세한 것은 종민도 알지 못했지만 7년째 정신을 잃고 쓰러져 있는 엄마를 깨우기 위해 선양법 2단계가 필요했던 것이다.

　그래서 종민의 몸에서 선도법 3단계를 행해 주었다.

　가급적 2단계를 완성시켜 주고 싶었지만 나 역시도 우연히 된 2단계가 타인의 몸으로 쉽게 될 리가 없었다.

　"그나저나 세상 참 좁아."

　"네?"

　"아뇨, 혼잣말입니다."

　내가 내공 주입을 해줬다고 생각했는지 기분이 좋아진 종민과 같이 간 수진이의 생일 파티.

고등학생의 생일 파티라기엔 너무나도 과했고 많은 사람들이 모여 있었다.

마치 무슨 행사장에 간 듯한 느낌에 심한 괴리감을 느꼈을 정도로 화려했다.

그리고 수진의 친척들과 인사를 나눴는데 그들 중 내가 아는 사람이 있었다.

김성우 검사. 장국순의 마약 조직 사건과 마카오 카지노 사건을 담당했던 이.

그가 수진이의 외삼촌이었다.

더욱 공교로운 것은 김성우 검사가 지금 맡고 있는 사건이 바로 불법 사채업에 관한 것이었다.

"자, 다 됐네요. 선이자 10%를 제외한 1,800만 원입니다."

"감사합니다. 이자는……."

"천~천히 갚으세요. 하하하! 천. 천. 히."

연리 1,200%의 극(極)고리의 사채를 천천히 갚으라니.

새로운 호구를 물었다는 생각에 음흉한 웃음을 짓는 사채업자다.

"그러죠. 그럼, 가볼게요."

묵직해진 가방을 등에 매고 밖으로 나왔다.

그리고 문밖에서 바로 점핑을 해 기억을 지우고 대출 장부를 불태운다.

이 짓도 하다 보니 숙련자가 된 모양이다.

한 곳을 터는데 1시간이면 충분했다.

"보람찬 하루 일을 끝마치고서~ 두 다리 쭈욱 펴면 고향에 안방……."

배운 적도 없는 노래를 웅얼거리며 주차해 놓은 대포차의 뒷좌석에 가방을 던졌다.

뒷좌석을 가득 메운 가방들이 오늘 몇 군데의 불법 사채업체를 돌았는지 보여준다.

"그나저나 이놈들 왜 이렇게 몸을 사리지?"

내가 현재 노리고 있는 암천회 인물은 지하경제계의 큰손 중 한 명인 신욱일과 승천파의 두목인 구승천.

신욱일의 비밀 사업장을 건드리면 승천파가 나타날 것이고 그때를 노려 두 명을 때려잡으려 했는데 한 달 가까이 코빼기도 안 보인다.

"내 일 처리가 너무 완벽했나? 뭐 안 나타나면 그것대로 좋고."

신욱일은 공식적으로는 제3금융권의 이름 있는 회사를 운영하고 있었고, 비공식적으로는 기업에 자금을 대주는 일을 하고 있었다.

하지만 실제로 그가 돈을 가장 많이 버는 곳은 역시나 불법 사채업이었다.

한데, 주 수입원이 개 박살 나고 있으니 죽을 맛일 것이다.

"오늘은 어디를 가지?"

넘치는 돈.

쌓아 둘 수가 없었기에 그날 그날 돈을 뿌리고 있는데 그때마다 고민이다.

규모가 작은 곳은 돈이 화가 될 수도 있었기에 그들도 손을 댈 수 없는 곳에 돈을 줘야 했다.

"에이! 만만한 곳이 성당이구나."

서울에 있는 성당으로 차를 몰았다.

"드디어, 나타났군."

백미러로 2대의 차량이 내 차를 쫓는 것이 보인다.

들키지 않으려는 노력은 가상하지만 이제나 저제나 나타나길 기다리는 나에겐 쓸데없는 짓이었다.

난 모른 척 차를 몰고 성당으로 들어갔다.

이미 와 본 적이 있는 곳이라 난 성금 모집을 담당하는 보좌신부님을 찾아갔다.

"아! 형제님 또 오셨군요."

"예, 신부님."

"지난번에 주신 성금은 많은 이웃들에게 요긴하게 쓰였습니다. 한데, 오늘은 어쩐 일로……?"

"다시 성금을 낼까 해서 왔습니다."

"그러시군요. 참으로 훌륭하십니다."

"일단 이것부터 받으십시오. 그리고 잠시 갔다 오겠습니다."

"옮겨 드릴까요?"

"아닙니다. 오늘은 제가 나르겠습니다."

척하면 착이라고 이미 경험이 있는 신부님은 가방의 개수를 짐작하는 모양이다.

몇 번 왔다 갔다 하자 한쪽에 수북이 쌓이는 가방.

"이, 이걸 다……?"

"예. 그리고 이 통장들도 성금으로 내고 싶군요."

"이 통장들은?"

"차명 계좌라고 생각하시면 될 겁니다."

"그렇군요. 감사합니다, 형제님. 성모마리아님의 은총이 가득하시길."

"참, 혹시나 돈의 주인이라고 찾아오는 사람이 있을 수 있습니다."

"혹시…… 훔친 돈입니까?"

지금까지 환하게 웃던 신부님의 얼굴이 갑자기 심각해진다.

"그럴 리가요. 제가 피땀…… 흘려 번 돈입니다. 제 돈과 목숨을 노리는 자들이니 경찰과 얘기를 하시면 될 겁니다."

성당에서 거짓말을 하려니 조금 찔린다.

"허허허허! 알겠습니다. 형. 제. 님. 이 주신 성금 잘 쓰겠습니다."

다행히 고지식한 신부님은 아니었다.

그들이 온다고 해도 잘 헤쳐 나갈 사람으로 보였기에 난 가볍게 인사를 하고 보좌신부의 방을 나섰다.

문득, 텅 빈 예배당에 성모마리아상이 눈에 띈다.

종교를 믿지 않지만 왠지 숙연해지는 기분이 들었다.

가볍게 손을 모으고 한 가지 소원을 빌어본다.

지안이 간 곳이 천당이길…….

성당에서 나와 차를 몰아 외진 곳으로 빠지자 놈들이 빠른 속도로 다가오기 시작했다.

끼이이이이익!

"과격하기는……."

한 대의 차량이 내 앞을 막았고, 또 한 대의 차는 뒤를 막는다.

그리고 앞뒤 차에서 내리는 8명의 검은 양복의 사내들은 시퍼렇게 날이 선 사시미와 일본도를 들고 있었다.

차 안에 있다가 눈 먼 칼에 맞는 건 사양이다.

"이게 뭐하는 짓입니까?"

"……."

쉬이익!

차에서 내려 모른 척하고 물었지만 일언반구도 없이 다짜고짜 도를 휘두른다.

"하긴 우리 사이에 연기를 할 필요는 없겠지!"

일반인과는 다른 몸놀림의 싸움꾼들.

하지만 나에겐 일반인과 차이가 없었다.

으득!

일본도를 휘두르는 놈의 안으로 파고들며 목을 치자 괴상한 각도로 꺾이며 그대로 쓰러진다.

사시미로 오른쪽 허리를 노리고 들어오는 놈의 머리를 그대로 내려찍었다.

비명 소리도 없이 콘크리트 바닥에 처박힌다.

"히익!"

정작 비명은 빈틈을 노리고 주위를 맴돌던 녀석에게서 나왔다.

목이 함몰되고 앞머리가 터진 시체는 방금 전까지 호기롭게 다가오던 적들을 얼어붙게 만들었다.

"그거 알아?"

"……."

"너희 두목이 날 죽이라고 보냈겠지만 사실 너희는 미끼에 불과하다는 걸."

"그, 그럴 리가 없어!"

"이렇게 말했겠지. 놈을 죽여라. 하지만 혹 붙잡히게 되더라도 신욱일과 자신이 있는 곳을 절대로 말하지 마라. 행동대장 안 그래?"

난 슬슬 뒷걸음치는 행동대장을 보며 물었다.

"미, 믿지 마! 놈을 죽여!"

"이야아아아……아……."

고함과 함께 다가오던 한 명은 고함이 마지막 비명이 되어 쓰러졌고, 그와 함께 놈들을 덮쳐 갔다.

행동대장만을 제외하곤 순식간에 정리가 되었다.

행동대장은 겁에 질려 들고 있던 칼까지 떨어트리고 오금이 저린 듯 주저앉아 있었다.

"히익! 다, 다가오지 마! 아, 아니 사, 살려주세요."

"미안. 널 죽이지 않으면 너희 두목이 곤란해 할 거야. 계획에 차질이 생기거든."

"에?"

"그리고…… 내 계획도!"

내가 무슨 말을 하는지에 의문이 가득한 표정.

난 그를 향해 기를 두른 주먹을 날렸다.

픽!

차가운 콘크리트에 쓰러진 행동대장을 뒤로한 채 난 놈들의 차에 올랐다.

신욱일과 구승천, 아니, 암천회는 내가 그의 기억을 읽기를 원했을 것이다.

하지만, 읽지 않아도 알고 있다는 걸 그들이 알면 어떤 표정일까?

곧 알 수 있을 것이다.

◆　◆　◆

"놈이 미끼를 문 것 같습니다."

"그래?"

"예. 사채업체의 연락을 받고 나갔던 8명이 시체로 발견되었습니다."

"놈이 확실한 건가? 의천일 가능성도 있지 않나?"

"사진을 보시죠. 의천의 후예가 지금까지 벌인 사건과는 판이하게 다릅니다."

나종석은 그의 사제가 건네는 사진을 보곤 미간이 찌푸려진다.

"확실히 그렇군."

"검시 결과 강력한 힘으로 인해 맞은 곳의 뼈가 조각조각 나 있었다고 합니다."

"반암천회일 가능성은?"

"CCTV 분석 결과입니다. 사채업체 실내에 있던 것은 모두 꺼져 있었기에 주변의 방법용 CCTV에 잡힌 것입니다."

어렴풋이 찍힌 CCTV의 캡처 사진엔 가방을 든 남자가 사채업소를 나오는 모습이 찍혀 있다.

"쩝!"

얼굴이라도 자세히 보일까 싶어 눈을 가늘게 뜨고 바라보다 나종석은 입맛을 다신다.

그가 정신 이동자라는 걸 일순간 망각한 것이다.

"그리고 이것이 성당 근처에서 찍힌 사진이고, 이게 그들이 죽어 있던 곳에서 1km 떨어진 곳의 무인 카메라에 찍힌 사진입니다."

"모두 동일 인물이군. 그래서 반암천회일 가능성은 없다?"

"예. 사채업자는 이자가 다녀갔다는 것과 돈을 잃어버렸다는 사실조차도 몰랐습니다."

"음…… . 좋아 고생했어."

모든 증거는 사진 속의 남자가 정신 이동자라는 걸 말해주고 있었다.

책임자로서 어떤 실수도 용납할 수 없는 상황이었기에 나종석은 뻔히 보이는 결과물에도 신중을 기할 수밖에 없었다.

"한데, 그자가 기억을 읽었을까?"

"그건……."

"그냥 네 의견을 묻는 거야."

"제 생각으로는 읽었다고 생각합니다."

"이유는?"

"제가 현장에 갔을 때, 승천파의 행동대장만이 약간 떨어진 곳에 죽어 있었습니다. 두려움에 도망치려던 흔적이 남아 있었는데 의외로 죽어 있는 얼굴은 평온해 보였습니다."

"그래? 의견 고마워."

"아닙니다."

나종석은 사제의 말에 고개를 끄덕이며 웃는다.

"참, 용식이는?"

"용식 사형은 혹 의천의 후예가 나타날지 모른다며 여전히 촉각을 곤두세우고 있습니다. 내일이면 이곳으로 오실 겁니다."

"녀석하곤……. 알았다. 좀 쉬어라. 오늘 밤부턴 비상 체제로 넘어갈 테니."

"예! 사형."

사제가 나가자 나종석은 두 팔로 이마를 괸 채 생각에 빠졌다.

이번 임무는 정보 분석을 주로 하던 그에겐 쉬운 일이 아니었다.

신욱일과 승천파는 의천의 후예의 공격을 받던 곳이라 더

욱더 신경이 많이 쓰였다.

그의 입장에선 오히려 다른 암천회 회원을 노렸다면 수월했을 것이다.

"사형이 있었더라면……. 휴우~"

사이는 별로 좋지 않았지만 소신껏 밀고 나가는 차영호의 부재가 못내 아쉬운 그였다.

긴 한숨과 함께 앞에 놓인 서류들을 챙겨 자리에서 일어났다.

이제는 그가 보고할 차례였다.

나종석이 사무실로 사용하고 있는 1층 방에서 나오니 거실 소파에 앉아 있던 험상궂은 사내들의 시선이 일제히 그를 향한다.

승천파의 간부들로 신욱일과 구승천을 보호하겠다고 있는 이들이었다.

나종석은 자신을 적대하는 눈빛으로 바라본 사람들에겐 용서가 없는 사람이었다.

'미끼들에게 뭐라고 할 수도 없고…….'

그는 그들의 뜨거운(?) 눈빛을 애써 무시하고 저택의 지하 바(Bar)가 있는 곳으로 향했다.

"잠깐!"

앞을 가로막는 승천파의 덩치 2명.

나종석은 두 손을 들어 검문에 응했다.

"들어가십시오."

그가 만든 계획 때문에 매번 이곳을 지나칠 때마다 검문을 받는 것이기에 뭐라 할 수도 없었다.

"끌끌끌, 어서 오게."

"불편한 점은 없으십니까? 어르신."

"다 늙은 나야 괜찮은데 여기 있는 이놈은 아랫도리가 간지러운 모양이야, 끌끌끌."

"아니, 제가 언제 그랬습니까? 형님이 간지러운 거 아닙니까? 하하하하!"

왜소하고 원숭이를 닮은 신욱일의 말에 그보다 3배는 커보이는 구승천이 발끈하고 외친다.

나종석은 저들의 말이 농담이 아니라는 걸 알고 있었다.

신욱일은 일흔이 넘었고, 구승천은 환갑이 넘은 나이임에도 어지간히 여자를 밝혔다.

저들을 호위하는 사제들의 말만 들어도 낯이 붉어질 정도였다.

"그래 새로운 소식이라도 있나?"

"예. 놈이 미끼를 문 것 같습니다."

"끌끌끌! 그 듣던 중 반가운 소리군. 그렇지 않아도 이 안에만 있어서 답답했거든."

"보낸 놈들은?"

"안타깝게도 다 죽었습니다."

"경찰이 냄새를 맡아 거추장스러웠던 놈들인데 오히려 잘됐지. 정신 이동자에게 고맙다는 인사라도 해야겠구먼."

수하들이 죽었는데도 오히려 잘됐다고 말하는 구승천이다.

"언제쯤 놈이 올 것 같나?"

"죽은 이들에게 이번 주 중으로 다른 아지트로 옮긴다고 말해뒀으니 오늘 밤부터 주의를 해야 할 것입니다."

"그놈의 당황하는 상판을 빨리 보고 싶군. 하하하하!"

"얘기하는데 끼어들지 마라."

"……예, 형님."

자꾸 얘기가 중간에 끊기자 신욱일의 주름진 얼굴이 더욱 찌그러지며 핀잔을 준다.

"이번 주까지만 이곳에 있으면 된다는 소리구나?"

"예."

"준비는 다 되었느냐?"

"예, 어르신. 저희 회의 동생들은 9시부터 이곳 비밀 통로에 들어올 것입니다."

"며칠만 고생하거라. 일이 끝나면 내가 거하게 한잔 사마."

"알겠습니다. 그리고 혹시 그 일은……."

"놈이 도망가지 못하게 하는 진(陣) 말이냐? 그건 걱정 마라. 여기 있는 미야무라 상이 이미 설치해 두었다."

신욱일과 구승천의 옆에서 연신 술을 홀짝거리는 노인네는 자신의 이름이 나오자 잠깐 반응을 보일 뿐 다시 술잔을 들이킨다.

정신 이동자가 정신 이동을 못하게 만드는 진은 이번 작전에서 가장 중요한 것이었다.

무술을 모른다면 이동하기 전에 목을 베어 버리면 끝이지만 이번 정신 이동자는 만만한 놈이 아니었다.

"그럼, 편히 쉬십시오."

"그러지. 자네는 고생하게. 끌끌끌."

"이보게. 이왕 연기를 하는 거 확실히 하는 것도 좋지 않
겠나?"

"무슨 말씀이신지……?"

구승천의 말의 의미를 이해하지 못한 나종석은 의아한 표
정을 지었다.

"왜 있지 않은가? 방금전에……."

"아!"

사타구니를 긁는 행동에 그제야 이해를 한다.

"편하실 대로 하십시오. 다만 정신 이동자가 예상하지 못
하는 여자가 좋을 것 같습니다."

"하하하하! 걱정 말게. 우리가 알아서 하지."

나종석은 옆에 신욱일도 딱히 반대하는 표정은 아니었기
에 허락을 할 수밖에 없었다.

하지만 나오면서 생각해 보니 지하 바에는 별도의 방이
없었다.

정신 이동자를 잡기 위해 트랩을 설치하느라 넓은 홀이나
마찬가지.

'알아서 하겠지.'

쓸데없는 상상을 지우려는 듯 머리를 흔드는 나종석.

못마땅한 표정을 지으며 1층에서 나온 그는 저택의 밖으
로 나왔다.

"후우~ 덥군."

저택에서 보이는 서울의 야경을 보며 담배를 깊숙이 빤 후 뱉는다.

일의 고단함은 연기가 되어 날아가는 듯한데 간혹 일어나던 불안감이 더욱 깊어진다.

불안감은 위기를 알리는 신호.

그 때문에 계속해서 계획을 확인하고 또 확인해도 사라지지 않는다.

"기우일 뿐인가?"

자신이 정신 이동자라고 해도 지금 이 함정에서는 절대 빠져나갈 수 없었다.

그러기에 불안감을 단지 기우라고 치부하는 자신을 안심시키는 그다.

'그자…… . 꽤나 위험한 눈을 가지고 있었어.'

몇 달 전 본 그자의 눈빛이 생각났다.

광기에 번뜩이면서도 전음술을 순식간에 따라하던 그 모습에 얼마나 놀랐던가.

그 때문에 나종석은 정신 이동자에 대해 알아보기 시작했다.

일제강점기 때부터 나타나기 시작한 정신 이동자는 작년에 죽은 곽지안과 그자까지 총 7명.

1대 정신 이동자부터 5대 정신 이동자에 대한 기록은 많지는 않았지만 그들이 행했던 일들을 살펴보면 공통점이 있었다.

정신 이동을 배운 후, 일정 기간이 흐른 후엔 나라를 바꾸기 위해 노력했다는 점이다.

또 1대와 4대 정신 이동자는 자기 자신을 잃고 미쳐 날뛰었고, 나머지는 미치기 일보직전에 죽였다는 것을 볼 때 정신 이동을 하면 할수록 미쳐 간다는 것이다.

그런 점으로 볼 때 그자는 좀 특이했다.

곽지안의 경우는 정신 이동자가 된 지 얼마 되지 않아 죽었으니 예외라고 쳐도 놈의 경우는 꽤 많은 사람들에게 정신 이동을 했음에도 미쳐 보이지 않았다.

오히려 점점 영악해지고 있다는 것이 그의 생각이었다.

나종석은 암천회 회원들의 돌연사도 조사했었다.

의심할 여지없는 죽음이었음에도 왠지 그자의 소행이 아닐까 해 조사에 매진했다.

그러나 정신 이동자가 했다는 증거는 어디에도 찾을 수가 없었다.

그래서 더욱 의심스러웠다.

'뭔가 놓친 게 있어!'

과연 정신 이동을 많이 했다고 미치는가?

정말 정신 이동이 사람을 봐야 가능한 게 맞을까?

정신 이동을 못하도록 하는 문신과 진이 과연 효과가 있을까?

……

여러 가지 가설을 세우면 회원들의 죽음을 설명할 수 있었다.

그러나 그러한 가설이 모두 가능하다고 하면 도저히 그를 막을 방법이 없었다.

'그럼, 가설을 바꾼다면? 멀리서도 정신 이동이 가능한데 얼굴이라도 알아야 한다? 아냐, 이것도 걸려.'

들고 있던 담배가 필터까지 타들어 가고 있어 손이 뜨거울 텐데도 나종석은 생각에 빠져 그 사실을 모르는 듯했다.

"아~ 뜨거!"

무언가를 생각해 낸 듯 기쁜 표정을 짓던 나종석은 담뱃불에 화들짝 놀라 펄쩍 뛴다.

"사형, 뭐하세요?"

"으, 응? 아무것도 아냐. 왜?"

"얼른 식사하세요. 오늘 밤부터 밀실에 들어가 있어야 한다면서요?"

"그래야지. 밥 먹으러 가자."

"참, 용식 사형에게 전화 왔었어요. 전화를 안 받으신다고……."

"내 정신 봐라 사무실에다 놓고 왔다. 전화기 있냐?"

"여기 있어요. 전 먼저 밥 먹으러 갈게요."

"그래, 전화하고 나도 갈게."

나종석은 자신이 생각해 낸 가설을 백용식에게 알려주고 싶었다.

—예, 사형. 도대체 전화는 왜 그렇게…….

"용식아! 정신 이동자에 대해 중요한 것을 알아냈다. 하하하!"

투덜거리는 용식의 말을 끊으며 나종석이 말을 잇는다.

"우리가 정신 이동자에 대해 잘못 알고 있는 게 있었어. 그놈은 지금까지의 정신 이동자와 달라."

―사형…….

"암천회 회원들은 자연사가 아냐! 놈이 죽인 거라고."

―사형! 도대체 뭘 알아내셨는지 몰라도 나중에 말하면 안 될까요? 저 지금 화장실에에~요! 끙~ 아읽!

"……더러운 놈! 끊어!"

―……사형 다 쌌……

"으~~~ 드런 놈."

전화를 끊은 나종석은 진저리를 쳤다.

방금 전 용식이 내뱉던 숨소리가 다시 생각나 소름이 쫙 끼쳤다.

"네놈이 알려달라고 해도 안 가르쳐 준다. 으~ 밥이 넘어갈지가 걱정이다."

나종석은 의외로 비위가 약했다.

저녁을 먹는 둥 마는 둥 한 나종석은 사제들을 밀실로 보내 놓고 혼자 거실에서 서성이고 있었다.

"거기 어린 친구. 여기 와서 술이나 한잔하쇼."

"됐습니다. 전 일이 있어서……"

거실 소파를 장악(?)하고 있는 떡대 중 한 명이 그에게 술을 권했지만 사양했다.

"참 세상 빡빡하게 사는 친구구만. 밖에 난다하는 우리

애들이 수십 명 지키고 있으니 걱정 말고 한잔하쇼."

'그 수십 명쯤 식후 운동거리도 안 돼.'

"아닙니다. 회장님도 계신데……."

생각과 말이 분리되어 나왔다.

아무리 저들이 하찮은 실력을 가지고 있다고 해도 구승천의 식솔이니 함부로 말할 수 없었다.

"배포가 그리 작아서야……."

사족으로 한마디 더 붙였지만 다행히 구승천을 들먹이자 더 이상 술을 권하지 않는다.

잠시 그렇게 서성이고 있자 현관문이 열리며 기다리던 이들이 들어왔다.

예쁜 얼굴에 늘씬한 키, 옷을 입었는지 벗었는지 헷갈릴 정도로 몸에 착 달라붙은 화려한 옷을 입은 두 아가씨가 보였다.

"잠깐! 이들에게 몇 가지 물어볼 것이 있어."

여자들을 데려온 양복 입은 남자가 나종석의 뒤쪽을 바라보다가 말없이 뒤로 물러선다.

"이름?"

"나해리에요."

"이지현이에요."

"나이?"

"열아홉 동갑이에요."

"어디서 왔지?"

"매니지먼트사에서 왔어요. 회장님이 부르신다고 해서……."

두 여자에게 이것저것 물어보는 나종석의 눈빛은 뭔가 의심스러운 점을 찾기 위해 번뜩이고 있었다.

그의 가설대로라면 정신 이동자가 이들 중 한 명일 수도 있었기 때문이다.

하지만 딱히 의심할 만한 것이 없었다.

"됐습니다."

말을 하며 옆으로 비켜서는 나종석의 눈은 한 아가씨에게 머물러 있었다.

왠지 그의 육감을 자극하는 뭔가가 있는 아가씨였다.

"야, 오른쪽 애."

"저 말인가요?"

"그래. 회사가 어디야?"

"파란들 기획사예요."

"너 마음에 든다. 오늘 회장님 잘 모시고 조만간 한 번 보자."

"어머, 안 돼요."

"안 되긴 뭐가 안 돼. 태 사장한테는 내가 말해두지. 내가 확실히 밀어준다."

떡대 중 한 명이 그 아가씨가 마음에 드는지 수작질이다.

그래서 뭔가 알아낼까 그녀의 움직이나 눈빛을 살핀다.

"저희 사장님은 정 사장님이거든요."

"그러냐? 어쨌든 나중에 보자구, 귀염둥이. 크하하하!"

"흥!"

자신의 육감을 자극하는 것은 그녀의 미모였나 보다.

의심할 구석이 없었다.

'경험이 많은 건지 대담한 건지…….'

자신이 무얼 하러 가는지 알면서도 긴장된 표정이 없는 걸 보면 마치 닳고 닳은 마담처럼 느껴지는 아가씨다.

"험!"

살짝살짝 흔들리는 엉덩이에 시선을 떼지 못하던 나종석은 헛기침을 하며 지하 밀실로 걸음을 옮겼다.

밀실은 바(Bar)를 볼 수 있는 구조였다.

11.
함정의 함정

"어디 나가냐?"

검은색 야행복을 입고 있던 최하민은 뒤에서 들려오는 소리에 깜짝 놀란다.

"아이~ 깜짝이야. 이렇게 불쑥 들어오시면 어떻게 해요?"

"아빠가 딸 방에도 못 들어오냐?"

"그 말이 아니라 노크 좀 하시라고요!"

"너 아직 아빠 말에 대답 안 했다. 어디 나가냐?"

최철민이 불리해지자 말을 돌린다.

하민은 어린애 같은 그의 모습에 포기했다는 듯 고개를 흔들며 답한다.

"신욱일이 있는 곳을 알아냈어요."

"신욱일이라면 지하경제계의 노망난 늙은이 말이냐?"

"네. 정보원의 말에 의하면 지금 그가 한남동 저택에 있대요."

"연예 기획사에 있던 그 애 말이구나. 그래 가자. 그토록 기다리던 놈인데 잡아야지."

"아빠……."

준비를 하기 위해 나가려던 최철민은 하민이 부르는 소리에 다시 돌아본다.

하지만 딸이 무슨 말을 하려는지 예상을 하는지 방금 전까지 웃는 표정이 심각하게 굳어 있었다.

"오늘은 그냥 집에 계세요."

"왜? 암천흰지 암반순지 하는 놈들 때문이냐?"

"네. 그들의 실력을 아시잖아요?"

"알지. 아니까 더더욱 따라가야겠다."

"아빠가 위험하다니까요."

하민이 아무리 위험을 강조해도 최철민은 요지부동이다.

"내가 위험한 건 상관없다. 하지만 내 딸이 위험해지는 건 죽어도 못 본다."

"이러다 둘 다 죽기라도 한다면 엄마는요? 종민이는 어쩌시려구요?"

"종민이는 다 컸다. 그리고 네 엄마도 지금과 같은 상황이라면 분명 자신이 나섰을 거다."

"……."

"걱정 마라. 나에겐 이게 있잖니?"

어리 춤에 있는 권총집을 툭 때리며 애써 웃는 최철민.

"휴우~ 알았어요. 한데 무슨 일이 있어도 제 가까이 와서는 안 돼요."

"그건 그때 생각하자. 안 갈 거냐? 놈이 도망쳤다고 내 원망 말고 서둘러라."

최철민이 닫고 간 문을 하민은 따뜻한 눈으로 바라본다.

한강의 야경이 한눈에 보이는 건물의 옥상.

하루 종일 햇볕에 뜨거워진 바닥에 엎드린 최철민은 저격총에 달린 스코프로 한 저택을 바라보고 있다.

"하나, 둘, 셋…… 열다섯, 열여섯…… 스물다섯! 밖에 있는 놈들만 스물다섯이다. 그 정보원이라는 애 확실한 거냐?"

마귀 소굴로 들어가는 딸을 위해 동태를 파악하던 최철민은 걱정스럽게 말했다.

―일반인들은 아무리 많아도 소용없다는 거 잘 알잖아요.

그런 그의 귀로 들리는 최하민의 목소리.

"저택 안에는 더 많은 놈들이 있을 거 아냐? 거기다 암천회 놈들까지 가세한다면……."

―이미 그 정도는 예상했어요. 너무 걱정 마세요.

"어떻게 걱정이 안 되냐? 그러니까 내가 그놈에게 도움을 청하자니까……."

―그 사람이 강하다고 해도 이런 일은 해보지 않으면 오히려 거치적거리기만 해요. 그리고 저희와 아무 관계없는…….

"알았다. 하여간 그놈은 아무짝에도 쓸모가 없다니까."

혹시나 도움이 될까 윤승호를 부르는 것이 어떠냐고 넌지시 말을 했다가 아까도 똑같은 잔소리를 들었기에 재빨리 말을 끊는 최철민이다.

―이제 들어가 볼게요.

"잠깐, 좀 더 꼼꼼히 살펴보자. 신욱일이 저 안에 있다는 걸 알았으니 나갈 때를 노려도 되잖니?"

스코프로 살펴보는 저택 분위기가 약간 이상해 다시 꼼꼼히 살펴본다.

오랫동안 군대에서 살아온 경험 때문인지 자꾸 함정같다는 느낌을 지울 수가 없다.

"정보원이란 그 애 믿을 수 있는 거냐?"

―절 속일 사람은 아니에요.

"아무래도 함정 같다는 생각을 지울 수가 없구나."

―자꾸 이러시면 저 화낼 거예요!

최하민이 빽 고함을 치자 저택을 바라보던 최철민이 움찔하며 저격총이 비뚤어진다.

"아, 알았다. 지금…… 자, 잠깐만!"

―또 왜요!

"아무래도 먼저 온 손님이 있나 보다."

―무슨 말씀이세요?

"네가 있는 곳과 반대 방향에 어떤 남자가 있다."

비뚤어진 저격총을 바로하다 최철민은 골목에 숨어 저택을 바라보고 있는 남자를 발견했다.

그리고 유심히 그 남자를 살핀다.

'어디서 본 듯한 놈인데……'

얼굴은 처음 봤는데 왠지 모르게 알 것 같은 느낌이 드는 사내.

"일단 대기해라. 좀도둑인지 모르겠지만 어쩌면 기회가 될 수도 있을 것 같다."

─……알았어요.

하민의 불만 어린 목소리가 귀로 들려왔지만 최철민은 사내의 얼굴에서 눈을 떼지 않고 바라본다.

◆　◆　◆

지안과 내 육체에 대한 복수로 암천회 회원들을 하나둘 없애다 보니 한 가지 의문이 생겼다.

암천회는 어떤 목적으로 만들어진 조직일까?

처음엔 정치계와 경제계를 아울러 우리나라를 암중 지배하는 세력이라 생각했었다.

그러나 내가 없앤 회원들의 면면을 살펴보면 반드시 그런 것만은 아니었다.

정치인, 경제인, 의료인, 사학인, 법조인, 그리고 이번에 노리는 신욱일과 구승천.

이들에게서 딱히 공통점이라곤 찾아볼 수 없었다.

알 듯하면서도 그저 머릿속을 맴도는 생각 때문에 지금까지 조용히 처리하던 방식을 바꾸기로 결정했다.

한바탕 소란을 피워서라도 신욱일과 구승천의 기억을 읽기로 한 것이다.

"으~ 간지러워."

선도회원들이 있으니 기변면술로 얼굴을 바꾸기엔 마음에 걸렸다.

그래서 선택한 것이 특수 분장.

문제는 간지러워도 특수 고무 때문에 긁을 수가 없었다.

바보짓이라는 걸 알면서도 혀로 볼의 간지러운 부분을 긁어본다.

"으~ 짜증!"

도저히 참을 수가 없어 양손으로 특수 분장된 얼굴을 잡고 마구 흔든 뒤에야 좀 나아진다.

살짝 어긋난 느낌이 들긴 하지만 촬영하러 가는 것이 아니니 상관없었다.

"이제 슬슬 들어가 볼까?"

지금 막 저택의 지하 들어가고 있는 이지현은 내 반쪽인 이지원이다.

스마트폰 해킹으로 놈들이 여자를 부른다는 사실을 알아낸 후, 계획을 살짝 변경한 것이다.

원계획에는 내가 침투한 후 선도회와 싸울 동안 신욱일과 구승천을 잡기 위해 천천히 들어갈 생각이었지만 손쉽게 잡을 수 있는 방법이 생겼으니 조금 귀찮더라도 바꿔치기 한 것이다.

CCTV에 잡히지 않는 골목에 숨어 있다 카메라가 사각지대로 도는 순간 몸을 날렸다.

높이 5m는 족히 될 담이지만 한 번의 도약으로 넘기에 충분했다.

놈들에게 주물럭거림을 당할 생각은 추호도 없다.

이제 습격할 시간이다.

담을 넘자마자 바로 아래 두 명이 담배를 피며 노닥거리고 있는 모습이 보인다.

"욱!"

"큭!"

미끼에 불과한 이들이지만 일반인들에겐 공포의 대상인 조직 폭력배.

그리고 신욱일의 사채업에 동원되어 수많은 사람들을 죽음으로 내몬 이들이었기에 손속에 사정을 두지 않았다.

쓰러진 두 명을 빛이 들지 않는 어두운 곳에 옮겨두고 다음 먹이감을 향해 몸을 날렸다.

이지원이 들어갈 때 대략적인 이미 위치를 알아뒀다.

그리고 놈들도 내가 온 것을 알고 있으니 굳이 기를 감출 필요 없었기에 거칠 것이 없었다.

"어?"

"어!"

동시에 터져 나오는 소리.

전자는 내 앞의 사내가 갑자기 나타난 나 때문에 당혹해서 내는 소리였다면 후자는 내가 아는 얼굴이었기에 낸 소리였다.

손에 힘을 빼고 사혈이 아닌 그의 뒷목을 끊어쳤다.

"윽!"

눈이 뒤집히며 쓰러지는 남자, 그는 마약 사건에서 내가 구해줬던 박철종이었다.

"이 인간 아직도 정신을 못 차렸네. 다음에도 잠입 업무하다 걸리면 죽어도 상관 안한다."

박철종의 눈이 살짝 의아해하는 눈빛으로 바뀌었다 눈을 감는다.

"휴우~ 큰일 날 뻔했네."

엄한 사람을 죽일 뻔했다는 생각 때문인지 남은 미끼들의 얼굴을 일일이 확인하며 처리를 해야 했다.

"쯧쯧! 지금까지 저런 놈들을 믿고 일을 해왔다니……."

"그래도 이 계통에선 난다 하던 놈들입니다."

지하 바에서 바깥의 영상을 바라보던 신욱일이 못마땅한 표정으로 말하자 구승천이 멋쩍은 듯 변명한다.

"그러면 뭐하누. 저 지경인데. 쯧!"

"인간 같지도 않은 놈과 비교하면 되겠습니까?"

"허긴……. 너희는 막을 수 있겠느냐?"

신욱일은 뒤에 서 있는 경호원들에게 묻는다.

선도회에서 파견된 경호원들이 강하다는 건 익히 알고 있었지만 실제 그들이 싸우는 모습을 본 적 없는 그는 약간 불안해 보였다.

"저자보다 더 빨리 처리하라면 할 수 있습니다."

"그런가? 허면 놈과 싸우면?"

"승리를 장담할 수 없습니다."

"둘이 싸워도 말인가?"

"부끄럽지만 그렇습니다."

신욱일의 주름은 더욱 깊어진다.

"그럼, 대제자나 살영대주는 어떤가?"

"아마 이길 수 있을 겁니다."

"허면, 왜 그들을 보내지 않았지?"

"지금 두 사람은 중요한 수련 중입니다. 해서 이번 작전에 배제된 것으로 알고 있습니다."

"음, 아무래도 이번 일은 노사께 따져야겠어."

스승을 들먹이자 경호원은 재빨리 말을 이었다.

"하지만 셋이면 놈을 처치할 수 있습니다."

"형님, 밀실에 스무 명이 넘는 선도회의 제자들이 있는데 무슨 걱정이십니까, 하하하하!"

구승천도 한마디 거들자 그제야 신욱일의 표정이 좀 풀린다.

"그런가?"

"그럼요, 하하하하!"

죽음을 생각해서일까? 신욱일은 강한 욕정을 느꼈다.

그래서 방금 도착했지만 신경 쓰지 못하고 있던 아가씨들을 본다.

두 아가씨 중 한 명의 아가씨는 겁에 질린 모습으로 불안한 증세를 보이는 반면, 다른 한 명은 마치 액션영화를 보는 것처럼 느긋한 모습이다.

그의 눈빛이 순간 이채를 띤다.

"너 이름이 뭐냐?"

"저 말인가요? 이지현이에요."

"넌 무섭지 않느냐?"

"뭐가요?"

"끌끌끌! 대담한 아이로구나. 저 화면은 영화가 아니고 실제 화면이다."

"그래요? 무서워해야 하나요?"

"하하하하! 저 아이가 형님이나 저보다 낫군요."

신욱일은 이지현이 마음에 들었다.

지금까지 전 세계 수많은 여자들과 잠자리를 가졌지만 자신의 아이를 가지게 하고 싶다는 생각이 든 건 처음이었다.

"너 내 아이를 낳아보겠느냐?"

"혀, 형님!"

구승천은 신욱일과 여자애의 대화를 웃으며 듣고 있다 화들짝 놀라 소리쳤다.

신욱일이 어떤 사람인지, 한국인을 어떻게 생각하는지 너무나도 잘 아는 그였기에 더욱 놀랐다.

"시끄럽다! 어떠냐? 관심이 있느냐?"

"싫은데요."

"싫다?"

"난 스타가 될 거란 말이에요. 결혼할 생각은 없어요."

신욱일은 싫다는 그녀의 말에 더욱 마음이 끌렸다.

왠지 모르지만 그녀의 행동 하나하나가 그를 자극하고 있었다.

"끌끌끌! 아이만 낳아 준다면 이 나라 최고의 스타로 만들어주마. 원하는 게 가수이든 배우이든 둘 다이든 상관없다."

"그래요? 음…… 그렇다면 한 번 생각해 보죠."

"끌끌끌끌! 생각해 보겠다고? 이리 오너라."

신욱일은 당장에라도 그녀를 취하고 싶었다.

천천히 다가오는 그녀.

꿀꺽!

가슴이 작은 게 약간 불만이었지만 잘빠진 몸매에 절로 침이 삼켜진다.

하지만 상황이 급박하게 돌아가기 시작했다.

"놈이 거실로 들어왔습니다, 형님!"

"쯧! 잠시 미뤄야겠구나. 내 옆에 있거라. 넌 나와 같이 간다."

"그러죠."

거실로 들어온 정신 이동자는 더욱 잔인하고 빠르게 움직이기 시작했다.

그와 함께 머리가 터져 나가고 사지가 떨어져 나가는 그로테스크한 장면이 펼쳐진다.

모두 화면에 정신이 팔려 있어 이지현의 입꼬리가 살짝 올라가 있는 걸 본 사람은 아무도 없었다.

♦ ♦ ♦

　지하 바를 지키는 두 명까지 처리한 다음 크게 숨을 들이킨다.

　내가 그만둔다고 끝이 날 싸움이 아니었고, 끝을 내려면 피의 길을 걸어야 한다는 걸 알고 있었지만 피비린내가 섞인 공기가 방금 전까지 내가 한 행동을 되돌아보게 만든다.

　후회하진 않는다.

　남이 아닌 나의 행복을 위해서 다시 눈앞의 문을 열어야 했고, 또 다른 생명을 빼앗아야 했다.

　손잡이를 돌려 문을 연다.

　"어서 오게. 끌끌끌!"

　반갑게 맞이해 주는 신욱일.

　그가 믿는 구석이 무엇이라는 걸 알지만 아직까진 모른 척해야 했다.

　"도망가지 않은 건가? 다행이군."

　"피라미들 몇 명 죽였다고 나까지 쉽게 죽일 수 있을 거라 생각하나?"

　"물론이지. 뒤에 경호원들을 믿고 있는 거라면 곧 피눈물을 흘리며 후회하게 될 거야."

　"하하하하! 어린 친구가 너무 건방지군. 위험하면 꼬리를 말며 도망갈 주제에 입만 살았어."

　구승천이 도발을 한다.

　그렇다면 받아주는 예의.

"호텔에서 다친 턱은 다 나았나 보지?"

"그, 그때 네놈이었냐? 크하하하! 너무 간지러워 반창고 한 장 붙이고 나았지."

노련한 자답게 잠깐 동요를 하다가 다시 빈정거린다.

"구승천인가? 네놈 입을 찢어놔도 그렇게 웃을 수 있는지 보자."

"할 수 있다면 해보시지."

의자에 기대며 여유롭게 말하는 그를 향해 발을 내딛는다.

순간, 내 뒤와 신욱일, 구승천의 앞쪽에 투명 유리막이 올라온다.

그 유리막에는 암천회 회원들의 머리에 있던 이상한 문양이 그려져 있었다.

"이, 이게 뭐지?"

"끌끌끌! 상황 파악이 느리군. 네놈을 잡기 위해 만들어 놓은 함정이지."

"함정? 날 함정에 빠뜨릴 수 있다고 생각하는 건가? 내가 누구인지 잊었나 본데……."

"잘 알지. 정신 이동을 할 생각이라면 어디 해보게. 어리석은 놈. 끌끌끌!"

"뭐, 뭐라고?"

난 점핑을 하려는 시늉을 취했고, 곧 유리막을 만지며 당황스럽다는 연기를 한다.

"무, 무슨 짓을 한 거지? 이 문양은 뭐지?"

"방금 전까지의 자신감은 어디로 사라졌나, 정신 이동자. 함정에 빠진 쥐처럼 당황하는 꼴이라니. 쯧쯧!"

"이놈! 날 함정에 빠뜨렸다고 무사할 거라 생각하지 마라! 네가 여기서 빠져나간다면……."

"이게 끝이라 생각하나?"

"무슨 말이냐?"

"함정이 이게 끝이라고 생각하느냐 말이다. 네놈을 갈가리 찢을 사람들이 널 기다리고 있다. 끌끌끌!"

신욱일의 말이 끝나자 좌우 밀실에서 선도회 놈들이 나온다.

"오랜만이다, 정신 이동자."

"나종석?"

"내 이름을 알아주니 영광이군."

"네놈이 꾸민 짓인가?"

"계획을 한 건 나지만 진짜 걸릴 줄은 생각도 못했어."

날 이미 잡았다고 생각하는지 꽤나 득의양양한 얼굴이었다.

하지만 누가 누구의 함정에 빠졌는지는 잠시 후면 알게 될 일. 난 궁금한 점을 물었다.

"어떻게 이곳에 내가 나타날지 알고 함정을 준비한 거지?"

"내가 대답할 필요가 없지 않나?"

"음……."

"뭐 굳이 듣고 싶다면 말해줄 수 있어. 내가 묻는 말에 대답해 준다면 말이지."

"어차피 죽을 거라면 이유라도 알고 죽는 게 좋겠지. 그래 궁금한 게 뭐지?"

"사람을 보지 않고도 정신 이동이 가능한가? 가령, 기로 느낄 수 있을 정도의 거리라면?"

"물론."

"사진이나 영상을 보고는 불가능하지?"

"잘 아는군."

"처음 정신 이동을 한 사람에게는 거리와 상관없이 나중에 이동이 가능하고?"

"맞아. 암천회 회원들의 머리에 새겨진 문양이 없다면 가능하지."

난 그가 알고 싶어 하는 것을 사실대로 말해줬다.

"자연사한 암천회 회원들은 네가 처치한 건가?"

"그것까지 알아낸 건가? 정말 대단하군."

자신이 유추한 것이 모두 맞는다고 말하니 꽤나 기뻐하는 표정이다.

"더 궁금한 것이 없다면 내 궁금증도 풀어줬으면 좋겠군."

"약속은 약속이니까 말해주지. 내 스승님이 말해주셨다."

"스승님? 선도회 회주가? 어떻게?"

"그분의 능력은 나도 모른다. 하지만 천기를 짚었다고 하시더군."

"천기? 미래를 본단 말인가?"

"틀린 말은 아니지."

내가 가장 궁금해 하던 답을 들었다.

약 한 달 전, 신욱일과 구승천의 스마트폰의 모든 내용을 도청을 하며 그들을 어떻게 처리할까 고민을 하고 있었다.

그때, 그들에게 놀라운 전화가 걸려왔었다.

전화 내용은 내가 신욱일과 구승천을 죽이려 하니 조심하라는 것.

난 화들짝 놀랐었다.

아직 준비 중이었음에도 그들이 알았고, 마치 내가 나타날 것을 확신한 것처럼 함정을 준비하는 모습을 봤을 땐 황당하기까지 했다.

차라리 다른 회원을 노리며 어떻게 나올까 지켜볼까도 했지만 결국 역이용하기로 마음먹고 나름 계획을 세웠다.

굳이 위험을 무릅쓰고 이렇게까지 한 이유는 역시 어떻게 알았을까 하는 의문 때문이었다.

"그렇다면 앞으로 더욱 주의를 해야겠군."

"다음 기회는 없어! 여긴 완전히 밀폐된 공간. 설령 우리를 모두 죽일 만한 무술 실력이 있다고 해도 이 함정에서는 빠져나갈 수 없어."

내 말에 살짝 긴장하며 나종석이 외친다.

"당신 스승이 본 미래의 결과는 어땠을까?"

"……?"

"모든 것을 봤다면 제자들과 회원들을 사지로 몰아넣은 셈이 되고, 보지 못했다면 반쪽짜리 능력이라는 말인가?"

후자일 가능성이 높지만 확신할 수 없다.

하지만 전자라면 '왜?' 라는 의문이 더욱 커지게 된다.

과연 노사라는 자는 미래를 본 것일까?

"무슨 헛소리야. 이제 순순히 항복해."

조금씩 조여오는 선도회 때문에 더 이상 생각을 잇지 못했다. 그건 나중에 다시 생각할 문제.

이제는 내 계획을 보여줄 때다.

"항복할 생각은 없어."

난 호주머니에 있는 리모컨의 버튼을 누르며 말했다.

"그럴 거라 생각했다. 우리가 무술로 널 잡을 거라는 생각을 하진 않았겠지?"

나종석의 말과 함께 날 좌우로 포위하고 있던 이들 중 몇 명이 총을 꺼내서 날 겨눈다.

"이런, 이런 총인가?"

난 두 손을 들며 싸울 의사가 없음을 내비쳤다.

그와 함께 하단전, 중단전의 내공은 물론이고 선도법 4단계를 펼치며 주변의 기를 빨아들여 온몸에 기의 막을 만들었다.

기에 민감한 이들이 그 사실을 모를 리 없을 터.

"무슨 짓이……?"

"유황 냄새?"

"뜨, 뜨거……."

하지만 이미 늦었다.

비명을 지르는 자들은 소수였다.

날 잡기 위해 신경 쓰지 못한 사이에 번지기 시작한 연기는 삽시간에 포위한 인원을 덮쳤다.

"이, 이게 어떻게?"

짧은 순간 밀실에서 살아남은 사람은 나와 나종석뿐이었다.

나야 미리 준비를 해서 당연한 거지만 나종석은 내 행동에 순간적으로 위험을 느끼고 기의 막을 친 것이다.

"내가 준비한 함정이지."

"독인가?"

"정확하게는 고농축 이산화탄소지."

한 달 동안 내가 이곳에 점핑을 할 수 있는 기회는 많았다.

이 밀실을 만든 일꾼이 되기도 했고 문 앞을 지키는 경호원이 되기도 했다.

이들의 계획을 알고 있던 내게는 너무나도 쉬운 일.

그래서 준비한 것이 이산화탄소였다.

밀폐된 공간에서 고농축 이산화탄소는 독극물과 다를 바가 없었다.

"이산화탄소……. 우리의 계획을 알고 있었나?"

마치 자는 듯 죽어 있는 사제들을 바라보는 나종석의 얼굴은 슬픔으로 가득했다.

그리고 자신도 모르게 마신 이산화탄소 때문인지 그의 기막은 점점 뿌연 연기에 잠식되고 있었다.

"알고 있었지."

"스승님처럼 천기를 읽은 건가?"

"아니, 너희들의 스마트폰을 해킹했어."

"……해킹?"

잠시 어이없다는 표정을 짓던 나종석은 서서히 무너져 간다.

"정신 이동자가 해킹이라니……. 하하하하!"

"……."

"우리가 널 과소평가했군. 하지만, 이게 끝이 아니라는 건 알고 있지?"

"물론."

"하, 하……하! 한데 왜 더 강한 그들이 불쌍하게 보이는 거지?"

"……."

술 취한 사람처럼 눈이 풀려가는 나종석은 웃고 있었다.

"한 가지 부탁이 있는데……."

"말해."

"네, 네가 살아남는다면……."

부탁이라고 몇 마디 웅얼거리던 나종석은 그대로 눈을 감는다.

이산화탄소 중독은 환청과 환각을 동반한다.

그가 마지막으로 본 것은 무엇이었을까?

나종석은 미소 띤 얼굴로 잠들었다.

날 가둔 유리막이 계획에 없던 연기로 뒤덮이자 신욱일과 구승천은 당황했다.

"저게 무슨 일이냐?"

"혀, 형님. 뭔가 이상합니다. 피해야겠습니다."

신욱일을 경호하던 두 명도 당황하긴 마찬가지.

'이때다!'

우왕좌왕하는 틈을 노렸다.

몸에 흩트려 놓은 기의 일부를 단전으로 보내 일주일 전에 도달한 선음법 2단계를 활성화시켰다.

그리고 여전히 유리막을 바라보고 있는 선도회 경호원들에게 심파술을 퍼붓는다.

"헙!"

"큭!"

평생을 수련한 놈들답게 기습이었음에도 가까스로 내 주먹을 막는다.

하지만 막자마자 잘못되었다는 것을 느꼈는지 그들의 눈은 경악으로 물든다.

"의천? 컥!"

그리고 내 장(掌)을 허용한다.

일반인이라면 단 한 방에 심장이 터져 버릴 공격이었지만 이들은 어떨지 몰랐기에 피를 토하며 쓰러질 때까지 공격을 멈추지 않았다.

"뭐, 뭐하는 짓이냐?"

신욱일과 구승천은 조금 전 자신감 넘치는 모습은 사라지고 공포가 얼굴에 드리워져 있었다.

"보면 몰라?"

"누구냐? 넌!"

"나? 저 사람과 한편."

내가 가리킨 방향을 바라보던 그들의 얼굴은 곧 절망으로 바뀐다.

유리막 내부의 이산화탄소들은 급속히 환기구를 통해 빠져나갔고, 리모컨 버튼을 누르자 유리막은 다시 바닥으로 사라진다.

나와 이지원에게 포위된 신욱일과 구승천은 그대로 자리에 주저앉는다.

"거기 일본 놈 도망갈 생각 마라."

진을 설치했던 일본인이 눈치를 보며 뒷걸음치다 내 말을 알아들었는지 멈춰 선다.

암천회 회원의 머리 위에 문양을 새긴 놈이 저 일본인이니 푸는 방법도 알 터.

이제는 저들의 기억을 읽을 차례다.

12.
새로운 동료

들어갈 땐 맨몸이었지만 나올 땐 챙길 것(?)이 있었다.

그래서 부득이하게 주인 잃은 차를 잠깐 빌리기로 했다.

좋은 차들도 많았지만 골목골목의 CCTV를 의식해 선탠이 진하게 된 차량을 골랐다.

"그럼, 가볼까?"

혼잣말이지만 여행을 가는 사람처럼 활기차게 말한다.

악당이라고 해도 사람을 죽였으니 기분이 좋을 리 없었지만 세상이 좀 더 깨끗해졌다는 것을 위안으로 삼기로 했다.

저택을 벗어나 이제 적당한 곳에서 내려 집으로 가면 오늘 일은 끝이었다.

하지만 먼저 백미러로 보이는 나해리를 처리하는 게 우선이었다.

"그나저나 저 아가씨는 잘도 자는군."

죽음밖에 없는 그곳에 둘 수 없어 챙기긴 챙겼는데 어디에 내려줄지 걱정이다.

가까운 모텔에라도 놔둘 생각으로 두리번거리는데 마침 깨어난다.

"아웅~ 잘 잤다. 매니저 오빠 여긴 어디…… 누, 누구세요!"

"걱정 말아요. 길거리에 쓰러져 있기에 험한 꼴을 당할까 봐 차에 태웠으니까요."

이럴 땐 같은 여자가 말하는 게 더 안심이 되는 법.

이지원으로 말을 건넨다.

"그, 그래요? 감사합니다. 전 이만 내릴게요."

나와 지현에 대한 기억을 이미 지웠고, 지원은 지금 기변면술을 하고 있었다.

나해리에게는 완전히 낯선 사람들일 테니 당황할 수밖에 없을 것이다.

재빨리 몸을 추스르며 핸드백을 챙기곤 내릴 준비를 한다.

"괜찮겠어요?"

"네네, 전 멀쩡하니 걱정 마세요."

차를 한쪽으로 세우니 도망치듯 내리는 나해리.

"다시 한 번 감사드려요."

차에서 내리니 안심이 되는지 얼굴이 펴진다.

그런 그녀를 뒤로한 채 차를 출발시켰다.

이제 차만 버리고 가면 끝.

하지만 뜻대로 되지 않았다.

CCTV도 없고 인적도 없는 고가 밑을 한 바퀴 돌면서 차량용 블랙박스까지 꼼꼼히 확인하고 내렸다.

막 그곳을 벗어나려고 할 때 한 대의 SUV가 다가오는 게 보였다.

애써 무시하며 앞만 보고 걸었지만 차량은 우리 곁에 섰다.

그리고 차량의 창문이 내려가며 보기 싫은 얼굴이 나타났다.

"타라."

"싫은데요."

"그럼, 네놈은 걸어오던가. 지원아 타렴. 학생이 그런 복장으로 돌아다니면 어쩌자는 거냐."

특수 분장한 얼굴이지만 최철민의 말투를 보아하니 이미 나라는 걸 아는 모양이다.

그리고 지원에게 말하는 모습이 마치 아버지처럼 엄한 표정이었기에 차마 반항을 할 수가 없었다.

"네놈은 앞에 타."

"예……."

차에 타면서 뒷자리에 야행복을 입고 있는 하민을 보니 비로소 상황이 대충 이해가 되었다.

'하필 오늘 올 게 뭐람.'

내심 투덜거렸지만 이미 지난 일.

둘에게 점핑을 해 기억을 지울까 했지만 날 뚫어지게 쳐
다보는 하민 때문에 포기해야 했다.

"네놈 정체가 뭐냐?"

"연예인인데요."

"참나, 요즘 연예인은 사람들을 마구 죽이고 다니나 보
지?"

"커피숍 주인도 그러고 다니는데 연예인이라고 못하라는
법이 있나요?"

자꾸 놈놈거리는 그의 퉁명스러운 말투에 나도 똑같이 답
을 한다.

"아니, 이놈이……."

"아빠! 그만하세요."

발작하려는 최철민을 하민이 막아선다.

"이해하세요. 지금 저희 아빠는 지원이를 그런 곳에 데려
간 것 때문에 화가 나 있으신 것뿐이에요."

"……예."

지원으로 있을 땐 친딸처럼 잘해주던 최철민이었기에 수
긍하기로 했다.

"저택 안에 신욱일이 있었나요?"

"네, 구승천도 있었죠."

"그 둘은……?"

"사이좋게 지옥을 거닐고 있을 겁니다."

"잘됐군요."

"그런 얘기는 나중에 너희 둘이 얘기하면 안 되겠냐? 미

성년자인 지원이가 듣고 있잖니!"

"네, 아빠."

방금 전까지 자신도 누굴 죽였느니 했으면서 괜한 트집이
다.

이후 차 안은 어색한 침묵만 흘렀고, 우리 집에 도착하기
전까지 그 고요함은 계속되었다.

끼릭!

"네놈, 아니, 자네, 지원이가 왜 그곳에 있었는지 설명해
보게."

채 500m도 남지 않은 거리에 차를 한쪽에 세운 최철민
은 사이드 브레이크를 거칠게 당기며 묻는다.

[아빠가 납득할 만한 핑계거리를 대세요. 저러실 땐 아무
도 못 말려요. 당신이 지원이의 보호자로 부적합하다고 법
원에 고소할지도 몰라요.]

무슨 상관이냐고 답하려다 하민의 전음을 듣자마자 머리
를 굴렸다.

최철민을 아빠라고 부르고 싶은 생각은 죽어도 없었다.

"지원이가 요즘 많이 예뻐진 건 아시죠?"

"허튼소리 말고 이유를 말하게."

"그래서인지 한 기획사에서 연예인을 할 생각 없느냐며
명함을 줬나 봐요."

"지원이가 그런 생각을 가지고 있다면 자네가 다니는 회
사를 소개시켜 줬으면 되는 거 아닌가?"

"제가 알았으면 그랬겠죠. 하지만 지원이는 혼자서 어떻

게든 해보고 싶었나 보더라고요."

말을 조금씩 길게 하며 스토리를 만들어갔다.

"그런데 오늘 갑자기 놈들에게 불려가게 되었고, 불안에
떨던 지원이가 제게 전화를 했습니다. 그렇지, 지원아?"

"미안해요, 오빠. 죄송해요, 아저씨. 흑!"

방울방울 눈물을 흘리는 지원의 모습에 최철민의 굳은 인
상이 풀리며 안쓰러운 표정으로 바뀐다.

"그래서, 제가 그곳에 가게 되었습니다."

"험! 그, 그렇게 된 것이었군. 내가 잠시 오해를 했나 보
네."

"아닙니다. 저도 빨리 오늘 일을 누구에게도 알리고 싶지
않은 마음에 버릇없게 굴었습니다."

"이해하네. 지원아, 그만 울 거라. 네 잘못이 아니다. 세
상이 미친 게지."

"그래 그만 울고 집으로 가자."

반쪽으론 달래며 반쪽으론 울려고 하니 미칠 지경이다.

최대한 빨리 집으로 돌아가고픈 마음뿐이었다.

"나중에 지원이와 한 번 오게."

"네."

대답은 했지만 전혀 그럴 생각은 없었다.

마침내 최철민의 차가 서서히 멀어지고 있었다.

마음속으로 그 차를 향해 진심을 다해 '사요나라'를 외친
다.

하지만 그건 내 희망 사항이었을 뿐이었다.

[조만간 봬요.]

또다시 들리는 하민의 전음이 귀를 간지럽힌다.

◆　◆　◆

여유로운 생활도 이제 오늘이면 끝이다.

내일부터 본격적으로 앨범 작업도 해야 했고, 각종 스케줄이 연말까지 잡혀 있는 상태였다.

그래서 오늘은 아무 생각 없이 집에서 뭉그적거리기로 했다.

딩동! 댕동!

"니가 나가 봐라."

"싫어 네가 나가 봐."

소파에 널브러져 있다가 초인종 소리가 들렸지만 움직이기가 싫었다.

둘 다 내가 움직이는 몸. 몇 번 헛소리처럼 지껄이다가 결국 윤승호가 화장실도 갈 겸 일어나기로 했다.

"누구……세요?"

인터폰으로 보이는 얼굴은 지원이의 2학년 담임인 오준현이었다.

―실례합니다. 지원이의 2학년 담임 오준현이라고 합니다. 보호자인 윤승호 씨 댁 아닌가요?

"맞습니다만……. 휴일에 웬일이시죠?"

일단 문을 열고 얼굴을 맞대고 얘기하는 것이 예의라는

건 알고 있다.

하지만 소파에 잔뜩 어질러진 쓰레기들을 청소할 시간이 필요했다.

—다름이 아니라 지원이 진로 문제로 말씀드릴 게 있어서 왔습니다.

어지간히 열정적인 선생님이다.

휴일이면 집에서 와이프와 함께 아이들의 재롱이나 보시지 웬 진학 상담.

"그러시군요. 들어오세요."

현관까지 오는데 대략 1분.

내공을 활성화시킨 두 개의 몸을 이용해 소파는 다시 예전 모습을 찾았다.

"들어오세요, 선생님. 하하!"

청소를 마치고 문을 여니 타이밍이 정확히 맞았다.

"휴일이라 쉬시는데 실례합니다."

"괜찮습니다. 이쪽으로 앉으시죠."

"지원이는……?"

"자기 방에 있습니다. 말해뒀으니 잠시 후에 내려올 겁니다."

"이거 도리어 지원이에게 부담을 주는 건 아닌지……."

"아닙니다. 진즉에 제가 찾아뵈었어야 옳은 건데 오히려 죄송합니다."

"아닙니다. 저야말로……."

예의상 하는 말들이 돌림노래처럼 계속된다.

"선생님, 오셨어요?

"응, 그래. 잘 쉬고 있었니?"

"네."

"오빠랑 할 얘기가 있어서 왔으니 나 신경 쓰지 말고 하던 거나 계속하렴."

"음료수만 드리고 전 올라갈게요."

"그래라."

지원이 음료수를 놓고 사라질 때까지 이번엔 어색한 침묵이 흐른다.

"하실 말씀 있으시면 하세요."

"그러죠. 혹시 지원이의 장래에 대해 생각해 본 적 있으십니까?"

물론, 아주 자주 생각하는 문제다.

하지만 언제나 결론은 다시 쓰러뜨려 병원으로 보내는 방법과 세상을 떠나게 하는 방법, 둘 중에 하나였다.

"저도 그 문제에 대해 항상 생각하고 있습니다."

"그럼, 얘기하기가 편하겠군요. 혹, 지원이의 성적이 어느 정도인지 아십니까?"

물론 잘 안다.

내가 보는 시험인데 그걸 모를 리가 있겠는가?

"평균 85점 정도로 나쁘지도, 그렇다고 좋지도 않은 성적이라고 알고 있습니다."

"정확히 아시는군요, 맞습니다. 하지만, 그 성적이 일부러 맞는 점수라는 것 아십니까?"

"네? 일부러라니요?"

순간 뜨끔했지만 모른 척 질문을 했다.

"이게 지원이가 우리 명하고에 와서 본 시험 성적입니다."

오준현이 보여준 파일은 각종 그래프까지 그려져 있어서 한눈에 쏙 들어왔다.

"별로 이상이 없어 보이는데……."

"여기 보십시오. 지원이의 성적은 항상 85점이었지만 전교등수는 차이가 납니다."

"그래서요?"

"그래서가 아닙니다. 시험이 어려워도 85점, 쉬워도 85점. 전교등수는 50등이나 차이가 나는 경우도 있습니다. 이 말은……."

"그 말은?"

"점수를 스스로 조정할 정도로 공부를 잘한다는 거죠."

오준현의 예상은 반은 맞고 반은 틀렸다.

공부를 잘하는 게 아니라 선생님들의 기억 때문에 공부를 할 필요가 없어진 것이다.

작년에 읽었던 선생님들의 기억이 시간이 지나면 잊어질 거라 생각했는데 오히려 시험문제만 봐도 답이 떠오르는데 나로써도 미칠 지경이다.

"음, 그렇게 생각할 수도 있겠군요."

모르쇠로 일관할까 하다가 선생님이 학생을 생각하는 마음을 봐서 중용의 대답을 한다.

하지만 그게 실수였다.

"그렇죠? 이런 애가 단지 돈 때문에 대학을 가지 않는다고 하니 얼마나 안타깝습니까? 안 그렇습니까?"

"그, 그건 아니고요. 저도 대학을 가라고 했지만 지원이가 싫다고……."

"지원이 입장에서는 윤승호씨에게 부담을 주기 싫어서 그랬겠죠."

"그게 아니라……."

"압니다. 윤승호 씨가 얼마나 훌륭한 사람인지. 지원이가 코마 상태일 때부터 지원이를 돌보아 왔다는 걸 우리나라 사람 중에 모르는 사람은 없을 겁니다. 하지만 이런 훌륭한 재원이 등록금이 걱정스러워 대학에 가지 못한다는 건 우리나라의 손실입니다."

"……."

"그래서 말씀드리는데 지원이를 잘 설득해 주십시오. 윤승호 씨의 친동생인 연채 양이 이런 상황이라면 어떻게 하시겠습니까? 또한……."

한 번 터진 오준현의 말은 끝이 없었다.

했던 말을 약간 바꿔서 또 하고 잠깐 다른 말을 하다고 또 하고.

그가 말하고자 하는 결론은 간단했다.

대학을 보내라. 안 보내면 방송매체에 이러한 사실이 흘러가게 되고 내 인기에 치명타가 될 것이다.

협박을 말속에 숨겨 교묘하게 얘기하는 능력과 허락하지

않으면 밤새라도 같은 말을 반복하겠다는 의지에 난 두 손
을 들어야 했다.

"알겠습니다. 제가 설득을 하겠습니다."

"진정 지원이를 아끼고 사랑하시는군요. 이러한 사실을
방송매체가 알아야 할 텐데……."

"아뇨. 그냥 조용히, 아주 조용히 지나갔으면 좋겠네요."

"지원이를 설득하다 안 되시면 제가 다시 와서……."

"아닙니다. 오늘 제가 사생결단을 내서라도 대학에 가겠
다는 얘기를 듣겠습니다."

난 다시 이어지려는 그의 말을 모조리 끊고 내쫓듯이 그
를 보냈다.

"에고, 머리야."

안 그래도 지원의 편두통에 항상 머리가 아팠는데 오늘은
아주 머리를 후벼 파는 고통이 느껴진다.

9개월만 참으면 담임이 바뀌니 그때까지만 대학에 간다
고 하면 될 일.

두 번 다시 상담 따위를 하고 싶지 않은 인물이다.

딩동! 댕동!

"에이~ 또 누구야?"

신경질적으로 인터폰을 누르니 이번엔 얼굴이 이상하게
생긴 여자다.

"누구세요!"

결코 얼굴 때문에 신경질을 낸 것은 아니었다.

다만 오준현 때문에 생긴 편두통 때문에 목소리가 거칠어

진 것뿐이었다.

—저예요, 하민. 다음에 올까요?

"……아뇨. 들어오세요."

오늘 손님 복이 터지나 보다.

"제 질문에 솔직히 얘기해 줬으면 좋겠어요."

여름이라 반바지 차림에 박스 타입의 검은색 민소매 티를 입은 하민은 꽤나 매력적인 모습이다.

자주 목욕을 같이한 사이라 박스 타입의 옷임에도 몸매가 훤히 보이는 것 같은 착각에 얼굴을 마주하기가 힘들었다.

하지만 공은 공이고 사는 사.

"가능하다면요."

"암천회와 원한 관계가 있는 것 같은데 이유가 뭐죠?"

방긋 웃던 하민은 단도직입적으로 물어온다.

"친한 친구가 그들에게 죽었어요."

"아픈 상처를 건드린 거라면 미안해요. 승호 씨가 제 제안을 허락했을 때가 올해 초였으니 작년에 그런 일이 있었겠군요."

똑똑한 여자답게 나와 있었던 일을 떠올리며 꽤나 여러 가지를 유추한 모양이다.

"맞아요. 그때부터죠."

"혹시, 청평별장 화재 사건……."

"……."

"그때 현장에 있었군요?"

하민의 목소리는 미안함과 안타까움으로 가득했다.

말을 하지 않았지만 내 표정만으로 대답은 충분했을 것이다.

그날의 기억은 내 머릿속에 각인이 되어 있었다.

'무슨 말을 하고 싶었을까?'

흐려지는 눈빛과 떨리는 입술은 분명 말을 하고 있었지만 듣지 못했다.

잘난 머리로 유추야 할 수 있지만 그건 의미 없는 일.

"……목이 잘린 채, 심장에 칼이 박혀 죽어가는 모습을 직접 봤죠."

담담하게 말한다고 했는데 목소리는 분노와 슬픔으로 떨려 나온다.

긴 침묵은 내 분노를 가라앉히기에 충분했다.

"미안해요. 제가 잠깐 흥분했군요."

"아뇨. 저야말로 미안해요. 제가 유추한 것을 확인하고자 하는 욕심 때문에……."

"하하! 분위기를 바꾸죠. 더 묻고 싶은 건 없어요?"

"호호, 그래요. 아직 산더미처럼 많답니다."

"그럼 물어보세요. 언제 마음이 바뀌어 입을 다물지 모르거든요."

세월이 약이라는 말이 명언이 된 이유가 있었다.

짧은 시간 내에 감정을 이렇게 조절할 수 있는 걸 보면 말이다.

"암천회에 대해 얼마나 아세요?"

"글쎄요? 많은 것은 몰라도 주체할 수 없는 분노가 끓어 오를 때 풀 수 있을 정도랄까요?"

"가령?"

"암천회 내에 그들의 무력이 되어 주는 선도회가 있고 그 선도회에는 살영대라는 살인귀 집단이 있다는 정도. 또한 암천회 회원들이 많은데 내가 알고 있는 수는 20명 안팎이라는 정도죠."

"6개월 동안 그 정도까지 알아내다니 정말 대단하군요!"

"복수심의 힘이죠. 하민 씨는 얼마나 알죠?"

"선도회 내에 살영대 말고 그들의 실제 힘이라 할 수 있는 장로회가 있다는 정도. 암천회 회원 중 신욱일과 구승천 처럼 더러운 일을 담당하는 조직이 여러 개 있다는 정도예요."

내 말을 그대로 따라하는 하민의 말에 살짝 웃음이 나온다.

"더러운 일을 하는 조직이라니……. 구미가 당기는데요."

"저도 암천회 회원이라니 구미가 당겨요."

"우리 정보를 공유할까요?"

"우리 정보를 공유할까요?"

"하하하하!"

"호호호호!"

똑같은 말을 동시에 말하고 우리는 서로를 보며 웃었다.

지금까지 얼굴만 예뻤지 성격이 괴팍한 여자라고 생각했는데 선입견이었나 보다.

"하민 씨도 의천회라는 것 때문에 암천회를 미워하는 것 같지 않은데 이유를 물어봐도 될까요?"

"승호 씨와 비슷한 이유죠. 복수!"

복수라는 말에 퍼뜩 떠오르는 것이 있었다.

"설마? 어머니?"

"맞아요. 제가 어릴 때 어머니가 놈에게 직접 당하는 모습을 봤죠."

"놈이라면?"

"선도회의 회주."

"어머니께서도 선음법 고수셨을 텐데……."

"선음법 3단계였어요. 하지만 놈에게 당하셨죠."

천기를 볼 수 있고, 선음법 3단계의 고수를 이길 정도의 강자.

과연 그자를 이길 수 있을까라는 의문이 든다.

어느 정도 실력인지 알 수라도 있다면 대책을 세울 수 있을 텐데.

'아!'

하민의 어머니가 깨어난다면 그자의 실력을 대략이나마 알 수 있을 것이다.

내가 최종민을 도와야 할 이유가 생긴 것이다.

하민과 나는 꽤 오랜 시간 많은 이야기를 나누었다.

서로가 가진 정보를 공유하기로 했고, 암천회에 대해 공동 대응하기로 했다.

"이제 가봐야겠어요, 오빠."

그리고 친한 오빠동생으로 지내기로 했다.

"저녁이라도 먹고 가지?"

"커피숍도 들러야 하고 아빠 저녁도 챙겨야 해서요."

"무슨 말인지 알겠다. 데려다줄까?"

"아뇨. 차 가지고 왔어요."

"그래, 조심히 들어가."

현관에서 신발을 신던 하민이 돌아서며 묻는다.

"참, 암천회의 진정한 목적이 무엇인지 알고 있어요?"

"대충."

신욱일과 구승천의 띄엄띄엄한 기억을 읽고 난 후 암천회의 설립 이유와 목적을 어느 정도 알 수 있었다.

"힘든 싸움이 될 거예요."

"괜찮아. 이제는 든든한 동료가 생겼잖아."

"후후! 동료, 어감이 좋네요. 악수할까요? 동료."

하민이 손을 내민다.

난 그녀의 손을 꼭 잡으며 악수를 한다.

"그래, 내 동료."

잡은 손으로 따스함이 느껴진다.

"호호! 이제 가봐야겠네요. 오. 빠!"

"아! 미안, 미안. 너무 따스해서. 헤헤!"

왠지 놓기 싫은 손이다. 그 누군가의 손처럼.

"하민아, 부탁 하나만 해도 될까?"

"아무래도 불안하네요. 뭔데요?"

"나 한번 꼬옥 껴안아 주면 안 될까?"

"……"

잠시 이상한 표정을 짓던 하민은 묘한 표정으로 두 팔을 활짝 편다.

난 작지만 따스할 것 같은 품에 안긴다.

"갈비뼈가 부러지도록 안아줄게요. 호호!"

따스함이 내 안에 있는 외로움을 치유한다.

'너도 그랬니? 지안? 윤승호가 좋아서가 아니라 따스함이 필요해서였니?'

한참을 그렇게 하민의 품에 안겨 그녀의 체취를…… 그녀의 볼륨을……

"짐승!"

갑자기 날 밀쳐낸 하민은 잔뜩 화난 표정으로 뛰쳐나간다.

난 방금 사귄 동료를 잃었다.

13.
희망 잃은 세상을 향해

"얜 왜 이렇게 안 오는 거야!"

동수 형이 또다시 시계를 보며 목소리를 높인다.

코디네이터였던 숙희 누나가 자신의 꿈이라는 패션 디자이너가 되기 위해 회사를 나갔다.

갑작스런 일이지만 축하할 일이었기에 조촐한 환송회를 한 때가 5월 초.

그때 숙희 누나를 대신해 들어온 코디네이터가 나에게 배정되었다.

한데, 출발 시간이 10분이 지났는데 오지 않고 있다.

"애가 착하긴 한데 어리바리한 구석이 있어. 내가 혼낼 테니 넌 가만히 있어라."

'잘도 그러겠다.'

나에겐 간혹 반항을 하는 동수 형이지만 지금까지 누굴 혼내는 걸 본 적이 없었다.

특히, 약자에게는 한없이 약한 스타일이라 연하나 효진에게 항상 당하고 사는 사람이었다.

5분쯤 더 지나자 양손에 옷을 들고 헐레벌떡 뛰어오는 이가 있었다.

"야! 지금이 몇 시야!"

차에서 번개처럼 내린 동수 형이 버럭 소리를 지르며 코디가 뛰어오는 곳으로 달려간다.

한 30m 정도 떨어진 곳에서 동수 형이 삿대질을 하며 혼을 내고 있었고, 코디는 잠시 어리둥절하더니 굽신거리며 잘못을 비는 듯한 행동을 한다.

"이렇게 늦으면 어떻게 하니? 오늘 승호 만나는 첫날이잖아."

"죄송해요, 오빠. 어제 받아둔 옷이 잘못돼서 바꿔 오느라 늦었어요."

"괜찮아. 그럴 수도 있지."

"네?"

"그렇게 있지 말고 고개도 숙이고 울 것 같은 표정을 지으란 말이야. 저기 차에서 승호가 보고 있어."

"네, 오빠!"

"승호가 요즘 성격이 좋아졌다고 하지만 언제 돌변할지 모르는 일이야. 내가 말했지. 연예인의 얼굴과 성격은 반비례한다고. 어쨌든 울 수 있으면 눈물이라도 닦는 시늉을 해.

그래야 승호도 아무 말 안 할 거야.”

'교육 자~알 시킨다. 쯧!'

내 귀에 안 들릴 거라 생각한 모양인데 스트레오로 빵빵하게 잘만 들린다.

아무래도 조만간 저 인간 교육 좀 단단히 시켜야겠다.

“승호한테 빨리 옷 줘! 너 다시 한 번만 늦으면 사장님한테 말해 잘라 버리라고 할 테니 그리 알아! 너 때문에 시간이 얼마나 늦었는지 알아?”

서당개 3년이면 풍월을 읊는다더니 동수 형의 연기 실력이 꽤 늘었다.

“죄송합니다, 죄송합니다.”

“앞으로 늦으면 연락이라도 해.”

“알겠습니다. 죄송합니다.”

나 역시 약자를 괴롭히는 취미는 없다.

그리고 새벽부터 협찬된 옷을 바꾸기 위해 얼마만큼 죄송하다는 말을 했을지 짐작이 되었기에 더 이상 아무 말도 하지 않았다.

옷을 갈아입고 앨범 작업을 할 스튜디오로 가는 차 안은 적막하다고 할 정도로 조용했다.

뒷좌석에 앉은 새로운 코디의 모습을 백미러로 보니 꽤나 긴장하고 지친 모습이다.

“만나서 반갑다.”

“네? 네! 반갑습니다.”

“첫인사치고는 좀 늦었는데 앞으로 잘 지내자.”

"예······."

"편하게 오빠라고 불러."

어떻게 호칭을 할지 우물거리는 모습이 꽤나 귀엽다.

"네, 오빠."

"이름은 뭐니?"

"서다람이에요."

"다람이?"

"네. 별명은 이름 때문에 어렸을 때부터 다람쥐였어요. 헤헤!"

난 그녀의 이름을 듣고 뒤돌아 얼굴을 봤다.

큰 눈에 약간 낮은 코, 두툼한 입술, 동글동글한 얼굴.

만화에 나오는 짱구처럼 볼록한 볼은 손으로 꾸욱 눌러보고 싶은 충동을 준다.

"몇 살이지?"

"올해 스물한 살이에요."

"······!"

서다람. 같은 고아원에서 아기 때부터 봤던 그 아이.

내가 고아원을 떠날 때 가지 말라고 폭풍 눈물을 흘리던 아이.

그때가 10살이었는데······.

"왜 그러세요?"

"아, 아니. 내가 알던 애하고 너무 많이 닮아서."

심장이 마구 뛴다.

반갑다며 예쁘게 잘 컸다고 말해주고 싶은데 그럴 수가

없어 안타까웠다.

"집은 어딘데?"

"지금은 면목동에서 자취를 하고 있는데 조만간 회사 근처로 옮길 거예요."

"부모님은?"

가슴 아픈 질문이겠지만 서다람이 그때의 그 아이인지 알고 싶어 질문을 던졌다.

"시골에서 농사짓고 계세요."

"……그래?"

실망한 표정을 감추기 위해 재빨리 고개를 앞으로 돌렸다.

이름, 나이, 심지어 얼굴까지 비슷하게 생겼는데…… 내 착각이었나 보다.

'뭘 하고 있을까?'

한 번 시작된 과거로의 추억 여행은 목적지에 도착할 때까지 계속되었다.

◆　　◆　　◆

"안녕하세요, 선배님."

"어서 와라."

자그마한 응접실을 지나 녹음실로 들어가자 선배 가수이자 작곡가인 소문섭이 기다리고 있었다.

"식사 전이시면 이것 좀 드세요. 빵 굽는 향이 너무 좋아 사왔어요."

"그렇지 않아도 출출하던 참인데 잘 먹을게. 너도 먹어라."

"예."

90년대 발라드 가수로 데뷔한 소문섭은 아주 짧은 기간 반짝 스타로 끝난 케이스였다.

이후 몇 번의 정규 앨범을 냈지만 소리 소문 없이 사라졌고, 지금은 작곡가로 활동 중이었다.

작곡가라고 다 수십억씩 돈을 버는 건 아니었다.

부익부 빈익빈은 이곳에서도 마찬가지였다.

내 미니 앨범에 수록될 곳은 총 다섯 곡.

그중 세 곡은 댄스곡으로 같은 소속사에 속한 프로듀서의 곡을 선택했고, 나머지 두 곡은 발라드로 소문섭의 곡을 선택했다.

수많은 곡들 중 굳이 그의 곡을 선택한 건 그가 가난해서가 아니었다.

노랫말과 멜로디가 내 맘에 꼭 들어서였다.

"노래 연습은 좀 했어?"

"그냥 불러보기만 했어요. 형이 잘 가르쳐 주세요. 헤헤!"

"……."

"선배님이라고 부를까요?"

"아니다. 형이라는 소리가 더 좋다."

또 한 가지 이유를 굳이 대자면 소문섭이 아주 유한 성격이라는 것이다.

TV에 나오는 작곡가나 프로듀서가 착해 보인다고 정말 그대로 믿으면 안 된다.

오디션 프로그램에서 나오는 독설은 실제 녹음할 때의 독설에 비하면 칭찬이다.

욕설은 기본, 개만도 못한 놈이 되는 건 순간이었다.

물론, 지금의 나라면 싫은 소리 듣지 않고 몇 번 부른 후, 음향 기계를 조절해 녹음을 하면 그만이다.

하지만, 댄스 가수라도 간혹 라이브로 불러야 할 경우가 있는데 그때 최소한 욕을 먹고 싶은 생각은 없었다.

"일단 '보낼 수 없어.' 부터 한 번 불러볼래?"

"여기서요?"

"응, 일단은 어느 정도인지 보자."

"네. 으음! 흠!"

가볍게 목을 풀고 노래를 시작한다.

너를 보낼 수 없어~ 나를 떠나려 하지 마.

네가 간다면 내가 웃으며 살 수 있을 것 같아.

우리의 지난 기억을 돌이키며 힘을 내.

비 오는 날 같이 가던 이상한 이름의 커피숍을 기억하니

그곳에서 같이 웃고 사랑하던 우리의 추억들을 되새겨 봐.

부탁이야. 내 마지막 소망이야.

조금만 더 힘을 내 줘! 마지막 내 사랑아.

너를 보낼 수 없어~ 나를 떠나려 하지 마.

마치 내가 가사의 주인공이라도 되는 양 노래를 마쳤다.

"감정 좋고 느낌 좋고 다 좋은데 너무 생목이다."

"크~ 좀 그렇죠?"

"아니, 많이 그렇다."

윽! 이 인간도 지금까지 숨겨온 독설의 이빨이 있었단 말인가?

걱정스레 다음 나올 말을 기다린다.

"스킬이 좀 부족하기는 한데……. 넌 연습생 때 기본 스킬도 안 배웠냐?"

"저 렙 담당이었어요."

"……그렇구나. 2집 때는 장치의 도움?"

"네……."

속일 수 없는 게 노래 실력이다.

특히나 20년을 넘게 음악과 함께 산 사람 앞에서 아무리 기교로 실력을 숨기려 해봐야 소용없는 짓.

기교마저 없는 난 솔직히 말했다.

"배에 힘을 주고 거기서 나온 힘을 목으로 그대로 내보낸다는 느낌으로 불러봐."

잠시 머리를 긁적이던 소문섭이 가타부타 말도 없이 몇 마디하면서 다시 불러보란다.

"너를 보낼 수 없어~~ 이런 식으로요?"

"그래."

그가 가르쳐 준 방법을 머리로 이해를 할 수가 없었기에 배에 잔뜩 힘을 주고 불러본다.

"그만. 여전히 목에 힘이 들어간다. 그리고 네가 지금하고 있는 호흡은 연기할 때 쓰는 법이야. 노래할 때는 조금

달라. 뭐라고 설명할까, 음…… 배에서 나온 힘으로 성대를
떨리게 한다고 생각하면 되겠다."

몇 번을 반복해 보지만 좀처럼 나아질 기미가 보이지 않
는 모양이다.

사실 그가 말하는 바를 흉내만 낼 뿐 이해를 못하고 있었다.

윤승호는 가수도, 그렇다고 댄서도 아닌 말 그대로 연예
인이었다.

'이 형이 나에게 설명하고자 하는 게 뭘까?'

아무리 고민해 봐야 빈 머리에서는 나올 게 없었다.

"휴~ 잠깐 쉬었다 하자."

"네."

결국 난 한숨을 쉬며 의자에 기대는 소문섭에게 점핑을
해 그의 기억을 읽었다.

'헐, 이건 뭐 학문이구만, 학문.'

음학이 아니라 음악이라고 유명한 선배 가수가 말했다.

그래서 학문적인 기억은 버리고 어떻게 해야 정확한 내
목소리가 나올지에 발성에 대한 기억만 살펴본다.

'어라? 전음하고 비슷하잖아?'

소문섭이 어릴 때부터 즐겁고 공부한 지식들을 살펴보다
보니 전음과 다를 바가 없었다.

"……아~~~~~ 아아~~~~ 아아아아~~~"

단전에서 끌어올린 기를 이용해 성대를 울리게 해 내 소
리를 찾아본다.

팍!

"이크!"

들리지 않는 고음에서 점점 낮은 음역대로 내려가다 여자 비명처럼 들리는 음에서 유리잔이 박살이 나 버린다.

"여기서 하면 안 되겠다."

소문섭이 빌린 스튜디오인데 방음 유리가 깨져 버린다면 꽤나 곤란할 것이다.

건물의 옥상으로 올라와 내 반쪽을 다시 지원에게 보낸 후 연습을 한다.

"아아아아아~~ 됐다!"

평소 목소리보다 약간 고음이었지만 내가 듣기에도 꽤 좋은 소리를 찾을 수 있었다.

"미안, 내가 잠깐 잠들었나 보다."

"괜찮아요. 저도 답답해서 옥상에서 고함 좀 지르다 왔어요."

"자, 그럼 다시 시작해 볼까?"

"네."

"신 사장이 앨범 빨리 내야 한다고 하던데……. 노력해 보다 안 되면 다른 것에 조금 의지하기로 하자."

그의 말에 고개를 끄덕일 수밖에 없었다.

능력도 안 되는 걸 짧은 시간 안에 어찌할 수는 없는 일.

그래도 가수라는 타이틀을 가진 나에게 직접적으로 장치의 힘을 빌리자고는 말하기 미안했는지 말을 돌린다.

"형이 말할 걸 이제 조금 이해했으니 잘 들어봐 주세요."

"그래."

난 조용히 내공을 끌어올려 성대를 울리기 시작했다.

"너를 보낼 수 없어~ 나를 떠나려 하지 마. 네가 간다면 내가 웃으며 살 수 있을 것 같아. 우리의 지난 기억을 돌이키며 힘을 내……."

"……."

노래가 끝났지만 멍하니 있는 소문섭.

내가 듣기에는 꽤 좋았는데 그의 표정을 보니 영 아닌 모양이다.

"어때요?"

"너, 너 조금 전에 뭐하다가 왔다고 했지?"

"옥상에 가서 시원하게 고함 좀 지르고 왔어요."

"나도 옥상에 가서 소리 좀 질러야겠다."

어떠냐는 내 물음에 헛소리를 하는 소문섭이다.

물론, 내가 듣기에도 아까 목소리와는 약간, 아니, 많이 차이가 있었다.

그래서 괜찮을 줄 알았는데…….

아무래도 이번 앨범을 끝으로 가수 쪽은 쳐다보지도 말아야겠다.

"녹음하자!"

"네?"

"지금 당장 녹음하자고. 그리고 너 녹음 끝날 때까지, 아니, 앞으로 절대 옥상에서 고함 지르지 마라. 목소리가 어떻게 변할지 모르니까."

"괜찮아요?"

"괜찮은 정도가 아니라 최고다!"

그가 치켜든 엄지손가락이 유난히 큼지막하게 보인다.

◆　　◆　　◆

"인기 있을 때 악착같이 모아. 인기 떨어지면 한순간에 실업자야. 그렇게 되고도 남들 시선이 두려워 예전처럼 생활하면 금방 거지된다. 내가 바로 산증인 아니냐."

"예. 한잔 드세요."

"그래 고맙다. 쪼옥! 캬! 좋다."

스튜디오에서 녹음을 마치고, 활동을 시작한다는 의미로 방송 연예 프로그램 두 군데와 인터뷰를 했다.

그리고 다람이의 첫 만남을 기념해 회식을 했는데 문섭이 형을 부른 게 화근이었다.

간만에 마신 술에 기분이 좋았는지 폭주를 하더니 결국 고주망태가 된 것이다.

동수 형과 다람이는 2차를 끝으로 먼저 들어갔는데 이 형은 도무지 들어갈 생각을 안 한다.

"내가 어디까지 얘기했더라? 맞다! 그래서 수중에 돈 한 푼까지 없어지자 비로소 정신이 번쩍 드는 거야. 그래서 미사리로 가 노래를 하기 시작했지. 요즘은 미사리의 라이브 까페가 다 없어졌지만 그때만 해도 호황이었거든."

난 아까도 들은 얘기를 아무 말없이 고개를 끄덕이며 듣는다.

물론, 지겹기는 했지만 그의 행동이 어느 정도 이해가 되었기에 말없이 받아주고 있다.

"승호야, 이 형이 딱! 한 잔만 더 먹고 싶다."

새벽이 된 지도 오래전.

술집에서 나온 문섭이 형이 또 술을 먹잖다.

"그래요, 형. 어디 좋은데 갈까요?"

이왕 쏘는 거 형의 외로움을 조금이라도 달래줄 만한 곳으로 데려가려 했다.

"시꺼! 이번에는 내가 쏠 테니 가자. 내가 사는 집 앞에 괜찮은 곳 있다."

그렇게 문섭이 형을 따라 간 괜찮은 곳은 24시간 편의점 앞 테이블이었다.

새벽이라 한적한 길에 선선한 바람까지.

"괜찮네요."

"괜찮지? 괜찮지?"

"네."

"라면 먹을래?"

"아뇨, 그냥 시원한 맥주나 먹을래요."

"기다려라."

약간 비틀거리며 편의점에 들어간 문섭이 형은 맥주 다섯 병에 과자 2개를 사온다.

"자, 받아라."

"네, 형도 받으세요."

또다시 시작될 거란 신세 한탄은 더 이상 없었다.

그는 꾸벅꾸벅 졸고 있었다.

차츰 밝아오는 동네를 바라보며 맥주를 마시는 기분 나쁘지 않았다.

하나둘 아침을 시작한 사람들이 보이기 시작하더니 시간이 갈수록 그 수가 많아진다.

분명 날 힐끔거리는 사람도 있었지만 그냥 술꾼이라고 생각하는지 제 갈 길을 간다.

"좋다."

혼잣말이었는데 답이 돌아왔다.

"그렇지?"

"깼어요?"

"응. 니가 소리 질러서. 하루 종일 듣던 목소리라 반응했나 보다. 하아아함~"

머리를 긁적이며 하품을 하는 그를 보다 다시 시선을 막 떠오르는 태양으로 돌렸다.

분위기 때문일까? 기분이 조금 센치해진다.

윤승호가 된 후, 이런 곳에서 술을 먹어본 적은 없었다.

현금일 때는 간혹 공장 아저씨들과 조금 걸으면 있는 작은 슈퍼에서 이렇게 앉아 서울의 야경을 보며 마셨다.

그때 꿈꾸던 돈 많고, 잘생기고, 여자한테 인기 많은 사람이 되었는데……

그때보다 나아진 것이 없어 보인다.

웃기게도 그때를 그리워하고 있지 않은가.

"무슨 생각하냐?"

"그냥, 과거의 즐거운 한때요."

"하하! 나중엔 지금 이 순간을 그리워하고 있을 거다."

"그럴까요?"

"그럼. 지금이야 예전에 스타가 되었을 당시를 그리워하지 그때는 너무 바빠 당장 때려치우고 싶었다니까."

"형이 그런 적이 있었어요?"

"이 자식이 날 은근히 무시하네. 비록 짧은 시간이었지만 너 정도의 인기를 누렸다니까."

"정말로요?"

"정말이라니까! 얘가 사람 말을 못 믿네?"

"진짜로요?"

"알았다, 알았어. 참 집요한 놈일세. 너의 인기보단 조금 못 미쳤다 됐냐?"

"하하하하! 당연히 그래야죠."

잠깐 놀고 떠드는 사이 날이 밝아온다.

"더 먹을래?"

"아뇨. 이제 가서 씻고 다시 일해야죠."

"으~~! 맞다. 오늘 추가로 녹음하기로 했지?"

"네, 9시부터요. 이제 1시간 반 남았네요."

"졸려 죽겠는데……."

"그럼, 그냥 주무세요."

"스튜디오 오늘까지밖에 못 써."

"자고 일어나서 그때 손보면 되잖아요."

"그럼, 니가 한 3시쯤 올래?"

"전 그때 스케줄 있어요."

"그럼, 어쩌자고?"

"기계의 힘을 빌리죠, 뭐. 이미 두 곡 다 녹음은 다했잖아요."

"괜찮겠냐?"

잠깐 고민을 하던 문섭이 형이 은근한 어조로 물어온다.

"에이, 넌 댄스 가수니까 상관없겠지."

고개를 끄덕이자 냉큼 내 의견에 동조한다.

"엥? 방금 그 말은 댄스 가수를 무시하는 말인가요?"

"어떻게 알았지?"

"소문섭 선배가 댄스 가수를 무시한다고 방송계에 소문을 내야겠군요."

"제발 그래 주라. 그래야 방송국에서 한 번이라도 찾아줄 거 아니냐."

"켁! 실력파 가수인 형이 어쩌다가 이 지경까지……."

"세상 살아봐라. 나쯤 되면 강도짓이라도 해서 방송에 나가고 싶어지니까."

다시 티격태격하며 노는데 양복을 입은 10명 남짓한 사람들이 평상복을 입은 3명의 사람을 포위하듯이 둘러싸고 지나간다.

모두들 어려 보이는 얼굴이었고, 평상복을 입은 세 명도 양복 입은 사람과 편하게 얘기를 하는 걸 보면 조금 이상할 뿐 도움이 필요해 보이진 않았다.

"뭘 그리 유심히 보냐?"

"아뇨, 쟤네들이 좀 이상해 보여서요."

"이상하긴 뭐가 이상해. 쟤네 다단계하는 애들이잖아."

"다단계요?"

"그래, 뉴스에 자주 나오잖아. 피라미드라고 하고 네트워크 마케팅이라고도 하고."

문섭이 형의 설명을 들으며 멀어져 가는 그들을 다시 본다.

"불쌍한 애들이야. 취업에 쫓기다 사기꾼에게 현혹된 거지. 하루라도 빨리 벗어나야 할 텐데……."

"형, 저 이제 가볼게요."

"그래, 쉬지도 못하고 또 일해야겠구나. 나 때문에 미안하다."

"아뇨. 즐거웠는데요, 뭘. 그럼, 연락드릴게요."

문섭이 형과 헤어진 후, 기변면술을 펼치고 난 재빨리 다단계를 하는 이들을 쫓아갔다.

'저기 있군!'

그들의 모습이 보이자 속도를 줄이고 천천히 뒤따른다.

"형, 나야."

—승호야, 너 어디냐? 집에도 없고 설마……. 밤새 술 마신 거냐?

"응, 오전 스케줄은 취소됐으니까 다람이랑 찜질방이라도 가 있어."

—언제 올 건데?

"오후 1시 30분까지 집으로 와. 그전에는 들어갈 거야."

—알았다.

집 앞에서 기다리고 있는 동수 형에게 전화를 거는 사이

내 주변은 온통 다단계에 빠진 사람들로 가득했다.

양복 입은 사람들이 삼삼오오 평상복을 입은 이들을 데리고 큰 빌딩으로 들어간다.

그들과 보조를 같이해 들어간 빌딩 내부는 온통 사람들로 가득하다.

"9시까지 교육자분들은 5층 교육실로 가주십시오. 플래너분들은 교육자분들이 교육실로 들어가시게 챙겨주세요."

대충 훑어보니 교육생들은 숫자가 적힌 아이디카드를 목에 걸고 있었다.

혼란한 틈에서 플래너의 손에 잡혀 혼이 나간 듯 이리저리 끌려 다니는 한 교육생의 아이디카드를 훔쳤다.

'휴~'

인산인 계단을 올라 인해인 계단을 가르고 지나 교육실에 앉으니 절로 한숨이 나온다.

하지만 교육실도 만만치 않았다.

뒤쪽으로는 플래너들이, 책상에는 교육생들로 가득했다.

"지금부터 골드 플래너인 전두진님의 강의가 있겠습니다. 들어오시면 다같이 '안녕하세요.'를 외쳐 주십시오."

"아침 식사는 다들 잘하셨습니까? 오늘 강의를 하게 된 골드 플래너 전두진입니다."

"안녕하세요!"

소개자가 나가고 골드 플래너라는 전두진이 들어오며 인사를 하자 귀가 아플 정도의 큰소리가 터져 나온다.

강의라기에는 부끄러운 수준이었다.

자기 자랑과 다단계를 만나게 되어 얼마나 벌었고 지금 어떻게 지내는지 말하는 그의 눈은 광기에 가까웠고, 교육실 분위기도 점점 고조되고 있었다.

이후 막 플래너가 된 사람의 체험담과 골드 플래너보다 높다는 마스터 플래너의 강의까지 들은 후 점심시간을 이용해 빌딩을 빠져나왔다.

멀리서 그 빌딩을 바라본다.

사람들의 꿈과 미래를 잡아먹는 괴물, 다단계.

수많은 사람들이 피해를 당했고, 지금도 당하고 있음에도 미적거리는 정부.

그들의 돈으로 국민의 대변인이 되는 자(者)들.

암천회가 만든 희망 잃은 세상이 저곳에 있었다.

난 그 빌딩을 향해 주먹을 뻗는다.

그리고 외친다.

"부셔주겠다!"

또다시 오지랖의 발동이다.

〈5권에서 계속〉

점핑

1판 1쇄 찍음 2012년 6월 14일
1판 1쇄 펴냄 2012년 6월 18일

지은이 | 준 철
펴낸이 | 정 필
펴낸곳 | 도서출판 **뿔미디어**

편집장 | 이재권
기획 · 편집 | 심재영
편집디자인 | 이진선
관리, 영업 | 김기환, 임순옥

출판등록 | 2002년 9월 11일 (제1081-1-132호)
주소 | 부천시 원미구 상3동 533-3 아트프라자 503호 (우)420-861
전화 | 032)651-6513 / 팩스 032)651-6094
E-mail | BBULMEDIA@paran.com
홈페이지 | www.bbulmedia.com

값 8,000원

ISBN 978-89-6639-735-8 04810
ISBN 978-89-6639-622-1 04810 (세트)